KB237148

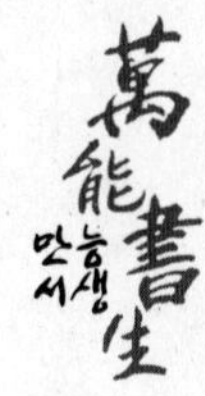

임영기 新무협 판타지 소설 FANTASTIC ORIENTAL HEROES

만능서생 9

임영기 新무협 판타지 소설

초판 1쇄 찍은 날 § 2012년 12월 26일
초판 1쇄 펴낸 날 § 2013년 1월 3일

지은이 § 임영기
펴낸이 § 서경석

편집부장 § 권태완
편집책임 § 박가연

펴낸곳 § 도서출판 청어람
등록번호 § 제1081-1-89호
등록일자 § 1999. 5. 31
어람번호 § 제2-2293호

주소 § 경기도 부천시 원미구 심곡2동 163-2 서경B/D 3F (우) 420-822
전화 § 032-656-4452팩스 § 032-656-4453
http://www.chungeoram.com
E-mail § chungeorambook@daum.net

ⓒ 임영기, 2012

ISBN 978-89-251-3126-9 04810
ISBN 978-89-251-2960-0 (세트)

萬能書生

임영기 新무협 판타지 소설 FANTASTIC ORIENTAL HEROES

천하쟁패 (天下爭覇)

[완결]

9

도서출판 청어람

第九十章 대인의 처세

자고 일어나니 세상이 변했다.

항주와 절강무림 사람들에겐 그 말이 정말로 실감이 났다.

어제와 오늘의 항주와 절강성은 겉모습은 그대로지만 속은 완전히 변했다.

아무도 모르는 사이에 주인이 바뀐 것이다.

절강무림의 패자로 일 년여 남짓 군림하고 있던 풍운방이 하룻밤 사이에 괴멸했다.

그와 더불어 풍운방에 충성하던 항주와 절강성의 각 지역을 대표하는 칠십여 개 방, 문파가 줄줄이 괴멸하거나 봉문을 당했다.

그러나 실상 괴멸당한 방, 문파는 풍운방을 비롯하여 다섯 곳에 불과하다.

거의 대다수는 풍운방이 괴멸을 당했다는 소식에 무조건 백기를 들고 여의신벌에 투항했다.

그리고는 소요가 가라앉을 때까지 자숙하는 의미로 일시적 봉문을 당한 것이다.

절강무림을 통틀어 소규모 방, 문파까지 합치면 천오백여 개에 이른다.

그러나 한 지역을 대표하거나 지배하고 있는 방, 문파는 칠십여 개에 불과하다.

그들이 전체 천오백여 방, 문파들을 무력이나 여타 다른 여러 방법으로 거느려 왔었다.

그러나 예나 지금이나 늘 잘 먹히는 방법은 무력, 즉 힘의 논리다.

그리고 그들 칠십여 방, 문파는 풍운방에 충성했었다. 사실은 절대십천에 굴복한 것이지만 거기에서 거기다. 절대십천을 거역할 수 없으니까 풍운방에 충성할 수밖에 없었던 것이다.

한 지역을 대표하는 칠십여 개 방, 문파든, 절강무림 전체 천오백여 방, 문파든 그럴싸한 정의나 대의명분 같은 것은 갖고 있지 않다.

있다고 해도 천하무림은 고사하고 절강무림조차도 바로 잡을 능력이 없으므로 그저 시류에 따라서 흘러가며 몸조심이나 하는 것이 최선이었다.

절강무림의 주인이 바뀌었다고 해도 그들은 별로 신경 쓰지 않는다.

자신들에게 직접 피해가 오거나 이익이 있어야지만 조심스럽게 꿈틀거리며 행동을 취할 뿐이다.

그렇기 때문에 풍운방이 괴멸하고 여의신벌이 절강무림의 새 주인이 됐다고 해도 그들은 그다지 관심이 없다.

주인이 누구든지 간에 언제나 그랬던 것처럼 최대한 몸을 웅크리고 복종하는 체하면 되는 것이다.

어쨌든 여의신벌은 항주에 내려와 있던 절대십천 육령삼대와 칠령오부를 급습하여 전멸시키고, 풍운방을 일패도지 괴멸시켰다.

급보를 듣고 고수와 무사들을 이끌고 달려온 항주 성내의 네 개 방, 문파가 풍운방을 돕다가 불을 보고 달려든 벌레들처럼 여의신벌에 전멸을 당했다.

그것으로 끝났다. 항주와 인근의 다른 방, 문파들은 항주의 절대십천과 풍운방이 괴멸했다는 소식을 듣고는 꿈쩍도 하지 않았다.

용비는 예전 항주의 패자였던 천추문과 신룡보, 그리고 월인궁과 홍의검문을 전면에 내세워서 어지러워진 항주와 절강무림을 바로 세우기로 했다.

허당습청(虛堂習聽). 자고로 텅 빈 방에서 소리를 내면 울려서 다 들린다. 좋은 일은 천 리 밖에서도 모두 듣고 응하는 법이다.

그동안 풍운방과 그에 충성하던 방, 문파들로부터 온갖 박해를 받았던 절강무림의 군소 방, 문파들은 천추문과 신룡보가 다시 패권을 잡았다는 소식에 일제히 환호했다.

사람들은 비로소 태양이 사라지고 나서야 언제나 하늘에 떠 있었던 태양이 얼마나 소중한 존재였는지 깨닫는다.

천추문과 신룡보가 없는 항주와 절강무림은 그야말로 지옥이나 다름이 없었다.

풍운방은 온갖 명목을 내세워 절강무림 모든 방, 문파에서 돈을 뜯어내고, 그것으로도 모자라서 풍운방에 충성하는 방, 문파들은 고혈까지 짜냈다.

그 지경이 되고서야 절강무림의 방, 문파들은 예전에 자신들에게 아무것도 요구하지 않았으며 잘 이끌어주었던 천추문과 신룡보가 얼마나 절강무림을 잘 지배했었는지를 뼈저리게 깨달았다.

*   *   *

늦여름 무더위가 기승을 부리고 있다.

여의신벌의 절강무림 평정이 실행된 날로부터 닷새가 지나서야 천추문과 신룡보는 예전 자신들의 제자리를 얼추 잡고 들어섰다.

예전에 천추문 내부는 천추칠경이라고 해서 천추문주 일족이 기거하는 중경을 비롯하여 동서남북과 별경, 후경으로 나누어졌었다.

천추문주 한성림은 제일 먼저 거추장스러운 천추칠경을 헐어버렸다.

모두 한가족인데 한 문파 내에 일곱 군데씩이나 구역을 정하여 담을 쌓고 살았다는 사실이 지금 생각하니까 너무나 어이없는 짓이었다는 것을 깨달은 것이다.

만약 천추문이 멸문과 생존, 그리고 기사회생의 과정을 거치지 않았었다면 한성림은 죽을 때까지 그런 사실을 깨닫지 못했을 것이다.

한성림만이 아니다. 그의 가족이나 천추문의 생존자 모두는 예전하고는 비교할 수 없을 정도로 결속력이 강해졌다. 비 온 후에 땅이 굳어진다는 옛말이 틀리지 않았다.

천추문 문주의 전각 대전에 여의신벌의 중요인물들과 천추문, 신룡보, 월인궁, 홍의검문의 인물들이 모두 모여서 회의를 하고 있다.

평소에 용비가 즐겨하는 대로 신분의 차이를 두지 않고 반달형의 탁자를 앞에 두고 모두 마주 보면서 둥글게 큰 원을 형성하여 모인 모습이다.

용비의 탁자 좌우에는 한정과 수진랑이 앉아 있고 뒤에는 금은쌍매가, 그녀들 뒤에 반아미와 낙혼, 뇌웅 만절삼신이 우뚝 서 있다.

수진랑은 용비의 제자이며 분신인 만절사신 중 한 명이지만 여의신벌로 볼 때는 우군주이기 때문에 좌군주 한정과 함께 용비 오른쪽에 앉았다.

금은쌍매는 용비 바로 뒤에 서 있는 것을 누구에게도 양보하지 않았다.

반아미 등 만절삼신이 용비 뒤에 서려는 것을 금은쌍매는 사생결단으로 제지하면서 자신들이 그 자리에 섰다.

용비 등이 동쪽에 앉았으며 왼쪽에는 청허자와 철장신개, 오른쪽 탁자에는 추여정과 옥연, 그리고 남북에 천추문과 신룡보, 서쪽에 월인궁과 홍의검문의 탁자가 나란히 붙어서 놓여 있다.

　모두의 얼굴은 더없이 밝았고 사기가 높았다. 항주에 있던 절대십천 고수 사백여 명을 죽였으며, 풍운방을 비롯한 다섯 개 방, 문파를 괴멸시키고 절강무림을 되찾았으니 그 기쁨이야말로 표현할 수 없을 정도다.

　절대십천 고수 백오십여 명이 살아남았으나 항주, 아니, 절강성에는 이미 없다.

　도망친 것이다. 그들이 이곳에 더 이상 남아 있을 이유 같은 것은 없다.

　남아서 무엇을 할 것인가. 용비와 여의신벌이 항주를 공격하던 날 밤에 자신들이 소십천에 없었다는 사실을 행운으로 여길 뿐이다.

　"주군. 여기 있는 월인궁주와 홍의검문주가 드릴 말씀이 있다고 합니다."

　천추문주 한성림이 한쪽에 꼿꼿한 자세로 앉아 있는 두 탁자의 월인궁주 강비와 홍의검문주 단강을 가리키며 용비에게 공손히 말했다.

　여의신벌의 절강무림 평정이 실행되기 전에 홍의검문에서는 하나의 사건이 있었다.

　용비의 제안에 절대적인 지지를 보냈던 총당주 단강의 보고를 들은 문주는 전혀 뜻밖의 반응을 보였다.

　자신이 직접 절대십천에 그 사실을 알리고 만능서생을 잡는 데 앞장서서 그 공을 인정받아 궁지에 빠진 홍의검문을 살리겠다는 것이다.

그러면서 그는 말릴 새도 없이 몇 명의 측근만 이끌고 달려 나간 것이다.

사실 문주는 좋지 않은 것은 한 몸에 다 지니고 있는 형편없는 인물이었다.

폭군에 거만한데다 수하들을 종처럼 다루고 자신의 잇속만 차려서 문중 사람들의 불만이 하늘을 찔렀었다.

반면에 총당주 단강은 그런 문주를 대신하여 수하들을 다독이며 챙기고 홍의검문 전체를 이끄는 사실상의 문주나 다름이 없었다.

신의를 목숨보다 더 중시하는 단강은 문주의 돌발행동에 분노했다.

그는 만능서생 용비를 밀고하겠다고 뛰쳐나간 문주를 뒤따라 나가서 단칼에 목을 베어버렸다.

그리고 문중 사람들의 절대적인 지지에 힘입어서 홍의검문주의 지위에 올랐다.

이후 그는 홍의검문을 이끌고 여의신벌의 절강무림 평정에 참가하여 혁혁한 전공을 세웠던 것이다.

단강과 강비가 나란히 일어섰다. 그들의 좌우에서 측근 두 명도 따라서 일어났다.

"홍의검문은 여의신벌의 일원이 되기를 간절히 희망하고 있습니다."

"월인궁은 여의신벌 휘하에 들기를 원합니다."

두 사람은 차례로 공손히 말한 후에 용비를 향해 깊숙이 허리를 굽혔다.

이것은 용비로서 예상하지 못했던 일이다. 절강무림 평정이 끝난 후에 두 문파는 원래 위치로 돌아갈 것이라고 생각했었다.

홍의검문은 칠 대째, 그리고 월인궁은 오 대째 수백 년 동안 이어져 온 지방의 명문이다.

그런데 그것을 포기하고 신생 여의신벌의 일원이 되겠다고 하는 것이다.

아무리 큰 은혜를 입었다고 해도 그럴 수는 없다. 은혜하고 문파의 존속은 전혀 별개이기 때문이다.

자신들이 여의신벌에 들어가서 중용될는지 찬밥 신세가 될지 예측할 수가 없다.

그런데도 불구하고 문파를 온전히 여의신벌에 맡긴다는 것은 은혜를 입은 것과는 별개로 용비에게 큰 기대를 걸고 있다는 뜻이다.

홍의검문과 월인궁으로 남아 있으면 단지 지역의 작은 명문에 불과할 뿐이다.

하지만 여의신벌과 함께 웅비한다면 장차 천하와 무림사에 거대한 족적(足跡)을 남기게 될 것이라고 믿어 의심치 않는 것이다.

그렇더라도 절대로 쉽지 않은 결단일 텐데 용케 그런 결심을 굳혔다.

그러나 결심을 했다고 끝나는 것이 아니다. 용비가 두 문파를 받아들이냐라는 가장 큰 허락이 남아 있다.

단강과 강비. 그리고 두 사람의 측근 네 명은 조마조마한 표정으로 용비를 주시했다.

잠시가 지나도록 용비가 깊은 생각에 잠겨 있기만 하자 강비는 그가 거절할까 봐 조바심이 났다.

"저희는 실로 고독촉유(孤犢觸乳)의 상황이니 부디 굽어 살펴주십시오."

현재 월인궁과 홍의검문은 어미를 잃은 송아지가 젖을 먹기 위해서 어미를 찾는 심정이니 부디 여의신벌이 어미 소가 되어달라는 간청이다.

용비는 잠시 두 사람을 주시했다. 그리고 두 사람의 의지가 확고하다는 사실을 확인하고는 가볍게 고개를 끄떡인 후에 입을 열었다.

"월인궁은 신룡보에, 홍의검문은 천추문 휘하에 두는 것이 좋을 듯한데 어떻습니까?"

그의 결정은 월인궁이 도를 사용하니까 신룡보에, 홍의검문은 검이 주무기니까 천추문 휘하에 두자는 것이다.

그가 한성림과 반대운을 두루 쳐다보자 그들은 깊이 고개를 숙이며 찬성했다.

그렇게 되면 천추문과 신룡보는 세력이 더욱 보강될 테니 마다할 이유가 없다.

단강과 강비 등 두 문파의 사람들은 크게 기뻐하여 연신 용비에게 허리를 굽실거리며 고맙다고 말했다.

한정은 단강과 강비를 보며 조용한 목소리로 말했다.

"그러기 위해서 두 문파는 항주 성내로 옮겨야 할 거예요."

두 사람은 한정을 처음 보았으나 여의신벌 내의 거의 모든 계획과 인사권 등이 그녀에게 있다는 사실을 잘 알고 있으므로 적잖이 긴장했다.

"홍의검문은 천추문으로 즉시 옮기고, 월인궁은 신룡보를 증축하는 대로 이사하도록 하세요."

이어서 한정은 두 사람을 앞으로 불렀다.

강비와 단강이 용비 앞 세 걸음 거리에 나란히 서자 한정은 말을 이었다.

"두 사람을 홍의부군주와 월인부군주로 임명합니다. 신군주께 인사드리세요."

두 사람은 깜짝 놀라더니 크게 감격하여 즉시 부복하면서 용비에게 절을 올렸다.

"주군을 뵈옵니다!"

한무군과 반아미가 각각 천추문과 신룡보의 부군주인 점에 비추어본다면 이제 막 여의신벌 식구가 된 단강과 강비가 부군주에 임명된 인사는 파격이라고 할 수 있다.

하지만 한정은 그들이 과거 항주오세 명문의 수장이라는 점과 절강무림 평정에서 큰 공을 세운 사실을 높이 평가해 준 것이다.

이어서 한정은 용비 오른쪽 탁자를 가리켰다. 그곳에는 한정의 모친인 추여정과 옥연이 나란히 앉아 있었다. 한정은 놀라운 선언을 했다.

"오늘부터 화봉각은 여의상운 휘하로 들어갑니다."

그 말에 모두들 크게 놀라 옥연을 쳐다보았다. 그렇지 않아도 그녀가 누군지 아는 사람들이나 모르는 사람들은 나름대로 그녀가 어째서 추여정 옆에 앉아 있는지 크게 궁금하게 여기고 있었다.

그랬는데 이제 보니 그런 뜻이 있었던 것이다. 하지만 여의상운은 아직 규모가 작은 편인데 화봉각을 휘하에 둔다는 것은 마치 개구리가 황소를 삼킨 격이다.

옥연이 일어나서 우아한 동작으로 두루 포권을 해 보이더니 짤랑짤랑한 목소리로 입을 열었다.

“잘 부탁해요. 여러분.”

그녀는 손가락을 동그랗게 모았다.

“돈 필요한 분은 저한테 말씀하세요.”

모두의 입가에 빙그레 미소가 번졌다.

“그럼 엄격하신 여의군주께 허락을 받아서 도와드리도록 하겠어요.”

그녀가 꼿꼿한 자세로 완고하게 앉아 있는 추여정을 가리키며 말하자 중인은 와아! 하고 웃음을 터뜨렸다.

사람들은 절강최고 거부인 화봉 옥연마저 휘하로 거둔 여의신벌, 아니, 용비의 대단함을 실감했다.

“화봉 옥연을 여의부군주로 임명합니다.”

한정의 선언에 옥연은 또 한 번 포권을 해 보이더니 월인부군주 강비와 홍의부군주 단강, 그리고 신룡부군주 반아미, 천추부군주 한무군 등을 두루 지목하면서 짐짓 엄숙한 표정을 지었다.

“그러나 네 분. 같은 부군주라고 내게 맞먹으면 안 돼요. 난 신군주의 부인이랍니다.”

그 말에 많은 사람이 크게 놀라는 표정을 지었다. 옥연이 용비의 여자가 됐다는 사실을 알고 있는 사람은 몇 명에 불과했기 때문이다.

많은 사람이 각각의 생각을 하면서 묘한 표정으로 자신을 쳐다보자 용비는 얼굴이 뜨거워지고 어색했다.

그런데 그녀는 한술 더 떴다. 한정과 수진랑을 차례로 가리키며 일을 터뜨리고 말았다.

"저기 좌군주가 첫째 부인이고 우군주가 둘째 부인, 그리고 내가 셋째 부인이에요."

이제는 용비를 비롯해서 한정과 수진랑까지 얼굴이 붉어져서 당황했다.

옥연이 설마 이런 자리에서 그런 은밀한 폭로를 할 줄은 예상하지 못했다.

도무지 감당할 수 없는 옥연이다. 집 안에서 새는 쪽박이 밖에선들 새지 않을까.

이대로 가만히 놔두면 허실 얘기마저 할 것 같아서 한정이 말을 잘랐다.

"두 분, 충분히 상의하셨나요?"

한정은 왼쪽에 앉아 있는 두 사람 나부파의 이장로 청허자와 개방장로 철장신개에게 물었다.

"무량수불…… . 빈도들은 좌군주께서 내놓은 문제에 대해서 많은 의견을 나누었고 결론을 내렸소."

청허자가 말하자 철장신개는 미소를 지으면서 고개를 끄떡이며 호응을 했다.

두 사람은 어쩌다 보니까 여의신벌의 장로 같은 신분이 됐다. 청허자는 나부파에서 파견했으나 철장신개는 스스로 여의신벌에 남았다.

"몇 가지 방법이 있었는데 이것저것 걸림돌이라든지 난제가 있었소."

한정은 절강무림 한 지역을 대표하는 칠십여 방, 문파을 어떻게 활용할지 방법을 궁리해 보라고 두 사람에게 부탁을 했었다.

며칠 전까지만 해도 풍운방에 충성했던 그들이지만 따지고 보면 그들 잘못이 아니다.

여의신벌이 항주에 머물던 절대십천 고수들을 사백여 명이나 죽이고 백오십여 명은 도망치게 만들었으니 절대십천이 가만히 있을 리가 없다.

더구나 여의신벌의 우두머리가 만능서생 용비라는 사실이 더더욱 절대십천을 분노하게 만들 것이다.

그러므로 절대십천이 응징하러 내려오기 전에 여의신벌에서는 만반의 준비를 갖추고 있어야만 한다.

용비는 무작정 절강무림 평정을 실행에 옮긴 것이 아니다. 나름대로 계획이 있었다.

바로 절강무림 전체를 하나로 묶는 방법이다. 그는 거기에 대해서 구체적인 방법까지 생각해 두었으나 청허자와 철장신개가 경험이 풍부하므로 더 좋은 방법이 있을지도 모르니까 그들에게 연구해 보라고 한정을 통해서 부탁한 것이다.

"가장 적합한 방법은 칠십여 개 방, 문파를 여의신벌의 휘하에 두는 것이오."

말주변이 없는 철장신개는 팔짱을 낀 채 연신 고개를 끄떡이고 청허자가 계속 말을 이었다.

"칠십여 방, 문파는 평균 이백여 명의 고수와 무사를 보유하고 있으므로 도합 만사천여 명이오. 그들을 맹훈련시켜서 절대십천의 공격에 대비하는 것이 좋겠소."

그러는 것이 현재로선 최선의 방법인 것처럼 보였다.

"그렇게 되면 여의신벌이 지나치게 비대해져요."

하지만 한정이 반대했다.

청허자와 철장신개는 한정의 말을 이해하지 못했다.

"비대해지는 것은 좋은 일 아니오?"

"지금은 좋겠지만 나중에 큰 문제가 생겨요."

"무슨 문제인가?"

다다익선이라 많으면 많을수록 크면 클수록 좋은 상황인데 무슨 문제라는 말인가.

한정은 단정한 자세로 청허자 혼자만이 아닌 모두가 들으라는 듯 또렷한 목소리로 말했다.

"주군께선 절대십천을 괴멸시킨 후에 여의신벌을 해산할 생각이에요. 그런데 체구가 너무 커지면 나중에 해산할 때 애를 먹게 돼요.”

여의신벌을 해산한다는 말에 모두 마른하늘에 청천벽력이
라는 표정을 지었다.

그것에 대해서는 그 누구도 추호도 상상해 본 적이 없는 듯
한 얼굴이다.

탕!

“이런 젠장! 그 무슨 열흘 삶은 호박에 이빨도 안 들어갈 헛
소리야?”

말주변이 없는데다 성질까지 급한 철장신개가 손바닥으로
탁자를 거세게 내려치면서 벌떡 일어서며 잡아먹을 듯이 한
정에게 따졌다.

“여의신벌이 천운이 따라서 절대십천을 괴멸시켰다고 치
자구! 그럼 여의신벌이 천년만년 눈을 부릅뜨고서 천하무림
의 안녕과 평화를 지켜야지 해산은 왜 해?”

공석에서는 군사인 좌군주에게 존어를 쓰기로 해놓고서도
화가 치민 철장신개는 성질이 뻗치는 대로 막 퍼부으며 씨근
거렸다.

그런데도 한정은 눈썹 하나 까딱하지 않고 차분하게 조용
한 목소리로 말했다.

“주군의 뜻이에요.”

철장신개의 독설의 화살은 용비에게 날아갔다. 그는 여의

신벌 최고 우두머리라고 해서 봐주지 않았다.

"이봐! 용아우! 도대체 그래야만 하는 이유가 뭔가? 이 거지가 알아듣게 설명 좀 해보게!"

용비는 씁쓸한 표정을 지었다. 지금은 이런 것을 논할 때가 아닌데 불쑥 튀어나온 문제가 곤혹스러웠다. 하지만 그는 대답을 회피하지 않았다.

"제 뜻은 확고합니다. 만약 절대십천을 괴멸시킬 수만 있다면 그 직후에 여의신벌을 해산할 것입니다."

"그래, 그 이유가 뭐냐고?"

철장신개는 답답하다는 듯 주먹으로 손바닥으로 두드렸다.

용비는 담담한 표정으로 철장신개를 응시했다.

"절대십천이 왜 생겼습니까?"

"그야… 백이십 년 전에 혼탁한 천하무림을 바로잡느라 열 명의 최고수들이 모여서 무림맹, 즉 절대십천을 만들었고, 그 후 천하무림의 질서를 지키겠다는 명분으로 지금까지 존속하고 있는… 아!"

철장신개는 말을 하다가 용비의 뜻을 깨달았는지 못이 발바닥을 뚫은 듯한 표정을 지었다.

"그럼 자네는 여의신벌이 제이의 절대십천이 될까 봐 해산하려는 것인가?"

"그렇습니다."

철장신개는 용비에게 그런 깊은 뜻이 있을 줄은 전혀 예상하지 못했었기에 말문이 막혔다.

철장신개만이 아니다. 청허자를 비롯한 모두들 크게 충격을 받은 표정으로 용비를 바라보았다.

열흘이나 굶주린 사람이 잘 익은 고기 한 점을 입안에서 씹다가 도로 내뱉어내는 일이 어디 쉬운 일인가.

권력을 내놓는 것은 그것과는 비교도 안 될 정도로 더 어려운 일이다.

더구나 천하무림을 한손에 틀어쥔 절대권력이라면 두말할 필요조차 없다.

"절대십천을 괴멸시킨 후에도 계속 여의신벌을 존속시킨다면 제가 절대십천의 태천주처럼 되지 않는다고 누가 장담하겠습니까?"

탁탁탁…….

"내가 장담하네! 자넨 절대 그럴 사람이 아닐세! 이 거지의 지저분한 목을 걸어도 좋아!"

철장신개는 주먹으로 자신의 가슴을 쿵쿵 두드리며 격렬하게 외치듯 말했다.

이 자리에 있는 모든 사람이 철장신개와 똑같은 심정일 것이다.

자신의 목숨을 걸 만큼 용비는 그러지 않을 것이라고 굳게 믿었다.

용비는 고개를 설레설레 가로저었다.

"저는 자신이 없습니다. 그리고 제가 떠난 후에 여의신벌을 이끌게 될 사람까지 책임지는 것은 더욱 뭐라고 할 말이 없습니다. 여러분이 저를 믿는다고 해도 제 후대까지 믿을 수 있겠습니까?"

아무도 대답하지 못했다. 그것은 아직 일어나지도 않은 일이기 때문이다.

일어나지도 않은 일을 예측할 수는 없다. 용비는 그것을 말하고 있다.

용비는 조용히 말을 맺었다.

"흐르는 물을 막으면 썩을 수밖에 없습니다. 흐르는 물은 그대로 놔두면 저절로 정화되어 깨끗해지게 마련입니다. 그것이 자연의 섭리입니다. 그러므로 천하는 천하 그대로 놔두는 것이 가장 좋습니다."

기고만장하던 철장신개는 물론이고 어느 누구도 입을 열어 반박하지 못했다.

용비의 말이 백 번 천 번 옳고 또한 그의 뜻이 너무도 숭고하기 때문이다.

잠시 침묵이 흘렀다. 모두 용비에 대해서 나이를 떠나 존경하는 마음이 샘물처럼 솟았다.

이윽고 한정이 청허자를 보며 공손하게 말했다.

"조금 전에 도장께서 말씀하신 의견에 대한 것입니다만."

"말해보시오."

"좋은 의견입니다만 여의신벌은 지금처럼 소수정예로 가는 것이 좋을 듯합니다."

지금의 천추문과 신룡보. 그리고 그 휘하에 홍의검문과 월인궁을 두는 쌍두마차 체제로 가자는 뜻이다. 용비의 뜻에 따라서 나중에 여의신벌을 해산할 것이라면 비대해지는 것은 바람직하지 않기 때문이다.

청허자는 입맛을 다셨다.

"그럼 어떻게 하는 게 좋겠소?"

한정은 생각해 보지도 않고 고즈넉이 말했다.

"절강무림 전체 방, 문파에서 사람을 열 명씩 차출하는 방법입니다."

풀이 죽었던 청허자는 금세 눈을 빛냈다.

"호오……. 전체 방, 문파에서 말이오?"

"그렇습니다."

청허자는 턱을 주억거렸다.

"좋은 방법이오. 그렇게 하면 여의신벌에게 선택받았다고 우쭐거리는 방, 문파도, 버림받았다고 원망하는 방, 문파도 없겠지."

철장신개가 희희낙락하며 받았다.

"뿐인가? 더구나 그리하면 수도 만오천여 명에 이르니 칠십여 방, 문파를 여의신벌 휘하에 두는 것과 같지 않은가? 그러고 나서 나중에 절대십천의 일이 끝나고 나면 그들에게 자기들 방, 문파로 돌아가라고 하면 끝이지. 그럼 그들은 매우 강력한 방, 문파가 되겠군."

"과연…….좌군주는 여의신벌의 군사로서 손색이 없는 분이시오!"

"그럼! 그럼!"

청허자와 철장신개가 침을 튀겨가면서 칭찬을 하자 한정은 얼굴을 붉혔다.

"그들 만오천 명을 제일기(第一旗)로 하고 차후 제이기(第二旗)와 제삼기(第三旗) 식으로 추가로 차출하면 될 것 같아요."

일기가 만오천 명이니까 이기까지 합하면 삼만 명, 삼기면 사만오천 명이 된다.

더구나 절강무림의 각 방, 문파들은 자파에서 열 명씩만 내놓으면 되니까 부담이 없다.

"오오……."

청허자와 철장신개는 눈을 휘둥그렇게 뜨고 반색을 하며

격절탄상(擊節嘆賞)을 금치 못했다.

"굉장… 아니, 최고의 방법이오!"

한정은 희고 가느다란 손가락 하나를 세웠다.

"단, 그 방법은 강제적이지 않아요. 그러므로 열 명을 내놓지 않는 방, 문파는 제외하되, 물론 어떤 불이익도 가하지 않을 것입니다."

第九十一章 옥소선(玉簫仙)

萬能書生

만능 서생

만능서생 용비가 이끄는 여의신벌이 항주에서 절대십천의 육령삼대와 칠령오부를 격퇴시키고 또한 풍운방을 괴멸시키고 절강무림을 완전히 장악했다는 소문이 일파만파 천하로 퍼져 나갔다.

그 사건으로 인하여 만능서생은 당금 천하무림에서 가장 유명한 별호가 되었다. 그 별호는 중천에 떠서 찬란하게 빛나는 태양처럼, 그리고 영원히 지지 않을 것처럼 천하를 비추고 있다.

절대십천은 천하에 공(功)보다는 과(過)가 많다. 공이 일 할

이면 과가 구 할에 달한다.

절대십천 초기에는 공이 많았으나 세월이 흐르면서 점점 나쁜 짓을 많이 하여 이제는 잘한 것이 있는지 눈을 크게 뜨고 찾아봐야 할 지경이다.

그것은 친구는 적고 적이 많다는 뜻이다. 절대십천의 친구는 만능서생을 욕하지만 적은 만능서생을 열렬하게 지지한다는 의미다.

다시 말해서 천하무림의 대다수가 만능서생을 응원하고 있다는 뜻이다.

심지어 무림인들은 절대십천의 최고절대자이며 천하제일인 천무황 도담천과 같은 반열에 만능서생 용비라는 이름을 나란히 올리는 것을 주저하지 않았다.

그러면서 만능서생이 머지않아서 천무황을 천하제일인 자리에서 끌어내리고 절대십천을 괴멸시킬 것이라고 시골구석의 코흘리개 가동주졸(街童走卒)들마저도 입 아프게 떠들고 다녔다.

*　　　*　　　*

"헉헉헉……."

"하악! 하아아……."

화봉각 뒤쪽의 후미진 넓은 마당에 만절사신 네 명이 여기저기 흩어진 상태로 주저앉거나 겨우 버티고 서서 가쁜 숨을 몰아쉬고 있다. 그들은 온몸이 땀으로 흠뻑 젖었으며 기진맥진한 상태다.

그리고 그들의 중앙에 용비가 혼자서 천신처럼 늠름한 모습으로 서 있었다.

조금 전에 만절사신 네 명은 한 시진 동안 합공하여 용비에게 공격을 퍼부었다.

그들은 자신들이 만절사신도 안에서 백 일 동안 배웠던 만절사신공을 전력으로 발휘하여 용비를 협공했으나 한 시진 동안 그의 옷자락조차 건드리지 못했다.

그들은 만절사신공을 익히고 나서 자신들의 무공이 예전에 비해서 서너 배 정도, 그리고 가장 무공이 약했던 낙혼 같은 경우에는 몇 십 배나 증진했다고 판단했었다.

그래서 처음에 용비가 전력으로 합공하라고 지시했을 때 은근히 그를 걱정했었다.

용비가 아무리 고강하다고 해도 자신들 만절사신이 전력으로 전개하는 합공을 막아내는 것은 무리라고 말이다.

그러나 막상 뚜껑을 열어보자 어이없게도 상황은 완전히 반대였다.

용비는 마치 산책이라도 나온 듯이 두 손을 뒷짐 지고 만절사신의 합공을 피하기만 하다가 어느 순간 갑자기 번쩍 공격을 가했다.

물론 진짜 공격이 아니다. 만절사신은 각자 무기를 사용하여 진짜 공격을 펼치지만 용비는 맨주먹으로 공격을 가하다가 공격이 만절사신의 코앞에 이르면 즉시 거두었다.

만약 실전이라면, 그리고 만절사신이 적이었다면 그 공격에 목숨을 잃었을 것이다.

더구나 한 시진 동안 전력을 다하느라 만절사신은 공력이 바닥이 났다. 그들의 기고만장했던 마음은 불과 한 시진 만에 사라져 버렸다.

마당 가장자리에는 용비의 가족과 측근들, 즉 군주와 부군주 이상의 핵심인물들이 모여서 구경을 하고 있었다.

한평생 풍운방의 하급무사로 시작하여 무술교두의 지위까지 올라 자신의 무술에 웬만큼 자신감을 갖고 있었던 부친 정운학은 방금 끝난 용비와 만절사신의 대결을 보고는 대경실색한 표정으로 할 말을 잃어버렸다.

정운학 자신과 용비를 비교하는 것 자체가 불가능했다. 용비가 전지전능한 천신이라면 자신은 그저 한 마리 벌레처럼 여겨졌다.

용비가 아니라 만절사신하고 비교해도 정운학 자신의 무술이라는 것은 어린아이 장난처럼 여겨졌다.

그러나 그 천신 같은 사람이 아들이라는 사실 때문에 그는 자신이 천신이 된 것처럼 기뻤다.

한정과 옥연, 한성림, 반대운 등 군주와 부군주들, 그리고 청허자, 철장신개들은 용비가 만절기황의 전인이라는 사실을 알고 있기에 무공이 대단할 것이라고 추측만 했었지 실제로 본 적이 한 번도 없었다.

그런데 막상 한 시진 동안 그의 무공을 견식하게 되자 크게 벌어진 입을 다물지 못한 채 새로운 세계를 본 것 같은 느낌이었다.

그들은 지금까지 용비가 전개하는 그런 류의 초상승 절학을 어디에서도 구경한 적이 없었다.

나부파 장문인이나 개방의 방주라고 해도 용비에게 일 초식, 아니, 반의 반 초식조차 당해내지 못할 것 같았다.

만약 용비가 만절사신을 상대로 지니고 있는 기량을 채 삼 할도 전개하지 않았다는 사실을 알게 된다면 모두 입에 거품을 물고 혼절을 할 것이다.

어쨌든 한성림이나 반대운, 청허자, 철장신개 등은 이번 용비의 시범을 보고 나서 한 가지 큰 소득을 얻었다.

용비가 이끌고 있는 여의신벌이 장차 절대십천을 괴멸시키는 일이 결코 허황된 목표가 아니라는 확신을 갖게 되었다는 사실이다.

　용비는 예전 결우당 숙소였던 화악정 지하 이 층으로 만절사신을 데리고 갔다.

　조금 전 시범 대결에서 자신들이 형편없었다고 생각하는 만절사신은 바짝 긴장한 얼굴로 용비 앞에 일렬로 늘어서서 그의 표정을 살폈다.

　용비는 네 사람을 차례로 보고 나서 조용히 입을 열었다.

　"너희는 이곳에서 만절사신도에 다시 들어가라."

　네 사람은 움찔 하며 표정이 변했다.

　"그런 실력으로는 적을 쓰러뜨리기는커녕 자신을 지키기에도 급급하다."

　네 사람은 부끄러워서 얼굴을 들지 못했다. 조금 전에 자신들이 얼마나 형편없었는지 절실하게 깨달았기에 용비의 말에 일언반구 대꾸조차 하지 못했다.

　"이번에는 얼마나 있어야 하지?"

　수진랑이 주눅 든 표정으로 겨우 물었다. 용비와 오랫동안 헤어져 있어야 하는 것이 싫은 것이다.

　"스스로 결정해라."

　용비의 대답에 수진랑은 밝은 표정을 지었다. 이번에는 며칠만 있다가 나오면 될 것이라는 생각이 들었다.

　며칠이라고 해도 그림 속에서는 그 열 배니까 지금보다 훨씬 고강해질 것이다.

그때 낙혼이 얼굴을 찌푸리며 물었다.

"한 삼 년 정도 있으면 안 되나?"

바깥세상에서 삼 년이면 그림 속에서는 그 열 배인 장장 삼십 년이다.

그는 아예 그림, 즉 용신도 속에서 평생 살겠다는 각오인 것 같았다.

그는 만절사신 중에서 자신의 무공이 가장 약하다는 사실을 알고 있다.

그래서 다른 사람하고 동등해지려면 더 오래 그림 속에서 머물러야 하고 더욱 뼈를 깎는 노력이 절실하게 필요하다고 생각하는 것이다.

"허락하시면 속하도 될 수 있는 한 지옥도 속에서 최대한 오래 머물고 싶습니다."

"지금 상황에서 그림 속에서 얼마나 오래 머무는 것이 가능한가요?"

뒤를 이어 뇌웅과 반아미도 공손하게 말하고 용비의 표정을 살폈다.

수진랑은 당장 잡아먹을 듯이 반아미와 낙혼, 뇌웅에게 눈을 부라렸다.

며칠도 길어서 지겨운 판국에, 그림 속에서 삼 년을 있겠다느니 최대한 오래 있겠다는 등 이상한 분위기가 조성되자 불길함을 느꼈다.

용비는 명쾌한 말로 허락했다.

"그 역시 스스로 결정해라."

*　　　*　　　*

호북성 서쪽 끝 죽산현(竹山縣).

동쪽의 북에서 남으로 흐르는 한수(漢水) 덕분에 비옥한 땅이 사방으로 수백 리나 펼쳐진 곳 서쪽 끝자락에 죽산현이 자리를 잡고 있다.

죽산현에서 서쪽으로 더 가면 중원과 변방을 가르면서 남북으로 길게 뻗어 꼭대기가 하늘에 닿아 있는 거대한 산맥 대파산이 버티고 있다.

정오가 조금 지난 시각의 구도양하(九道梁河) 강변에 위치한 관도 변의 주루에는 손님들이 듬성듬성 자리를 차지한 채 목청을 높여 떠들어 시끌벅적했다.

그들은 대부분 떠돌이 장사치나 방랑무사 나부랭이들이었다. 대낮부터 한잔 걸치고 얼큰해진 상태에서 누구 목소리가 더 큰지 내기라도 하듯 떠들고 있어서 주루 안이 장터를 방불케 했다.

처음에는 세 개 탁자의 손님들이 각자 떠들어대다가 시간이 흐르면서 자신들이 모두 같은 얘기를 하고 있다는 사실을 깨달았다.

그때부터 한 가지 소문에 대해서 한 목소리로 자기가 알고 있는 것이 옳다고 합창을 하듯 소리 높였다.

와부뇌명(瓦釜雷鳴)이라, 질그릇과 솥뚜껑 부딪치는 소리가 천둥소리인 줄 알고 떠들어대니까 모두가 그 말들이 사실인 줄 알았다.

주루 안에 있는 열두 명의 손님 중에 열한 명이 여출일구한 목소리로 떠들어대고 있는 소문은 만능서생 용비에 대한 것이었다.

그가 여의신벌이라는 세력을 이끌고 어떻게 절강무림을 정복했으며 어떤 식으로 절대십천의 육령삼대와 칠령오부를 작살냈는지 마치 자기들 눈으로 본 것처럼 침을 튀겨가면서 설명을 했다.

'허허허…… . 그 녀석이 생각보다 더 잘하고 있군.'

떠들지 않는 유일한 사람. 창밖의 강물을 바라보면서 술잔을 기울이고 있는 중년인은 빙그레 미소를 지었다.

그는 다름 아닌 만절기황 완사다. 일 년쯤 전에 절강성 항주를 떠나 천하를 유람하다가 이곳까지 왔다.

처음 몇 달 동안은 항주에 두고 온 제자 용비가 궁금했지만 그에 대해서 전혀 알 길이 없었다.

그런데 반년쯤 지난 후부터는 항주의 만능서생 용비에 대한 소문이 심심찮게 그의 귀에도 흘러 들어왔다.

용비의 사소한 일에 대해서는 여전히 알 수 없지만, 그가 무슨 일을 했으며 어떤 상황에 처해 있다는 사실 정도는 알 수 있게 되었다.

완사는 배를 타고 장강을 거슬러 무창까지 왔다가 거기에서 한수를 거슬러 오르는 배로 갈아탔었다.

균현(均縣) 포구에서 배에서 내려 무당산을 지나쳐 서쪽으로 올 즈음에 오랜만에 제자의 소식을 들었다.

만능서생 용비가 항주에 와 있던 절대십천 고수들을 물리치고 절강무림을 장악했다는 소문이었다.

그리고 균현에서 육백여 리나 떨어진 이곳 죽산현까지 쉬엄쉬엄 보름 동안 오는 동안에 가는 곳마다 귀가 따갑게 만능서생에 대해서 들었다.

그러나 완사가 정작 듣고 싶은 새로운 소식은 없고 모든 내용이 거반 대동소이했다.

'헛헛헛! 그 녀석이 절대십천을 상대하겠다는 겐가?

완사는 어리고 귀여운 제자 용비를 생각하면 할수록 마음이 흡족했다.

그는 용비에게 천하에 존재하는 거의 모든 지식과 의술, 그리고 만절사신도를 남겼으면서도 앞날에 대해서는 어떤 제시도 하지 않았었다.

용비에게 바라는 것이 없었기 때문이다. 아니, 그저 한 가지 막연하게 바라는 것이 있었다면 그가 기녀였던 모친과 함께 행복하게 잘사는 것뿐이었다.

그런데 용비는 완사로서 전혀 예상하지 못했던 일을 저질러 버렸다. 절대십천을 상대하고 있는 것이다.

술잔을 손에 쥔 채 강물을 응시하는 완사의 눈에 문득 부윰한 기색이 어렸다.

'이것은 운명인가?

일 년여 전. 완사는 궁지에 몰린 용비를 구해주는 과정에 절대십천의 고수 광폭도라는 자를 죽였다.

광폭도가 절대십천이 보낸 염탐꾼이라는 사실을 알고는 시끄러워질 것 같아서 십오 년이나 편안하게 살아왔었던 천추문 숙객당을 떠나 그때부터 천하를 유람했었다.

그것으로 용비에게는 별다른 일이 일어나지 않을 것이라고 판단했었다.

절대십천의 표적인 만절기황 자신이 항주를 떠났고 또 용비하고 인연을 끊었기 때문이다.

그런데도 이런 상황이 돼버렸다. 이제 와서 생각해 보면 자신이 두 가지 실수를 했기 때문인 것 같다.

첫 번째는 절대십천이 용비를 찾아내지 못할 것이라고 과
소평가했다는 것이다.

그리고 두 번째는 자신이 항주를 떠나서 어디쯤 가고 있다
는 흔적을 흐릿하게나마 남겼어야 항주에 집중되어 있는 절
대십천 고수들을 끌어낼 수 있었던 것이다.

완사는 들고 있던 잔을 비우고 품속을 뒤적여서 술값을 치
르려고 각전 몇 닢을 꺼냈다.

그의 목적지는 대파산 마천령(摩天嶺)이라는 곳이다. 그곳
에 그의 아내이자 영원한 반려자인 옥소선(玉簫仙)이 그를 기
다리고 있을 것이다.

장장 이십여 년 만에 돌아가는 집이다. 이십여 년 전에는
집을, 아니, 아내를 떠날 수밖에 없었다.

그때는 그녀가 저지른 너무나 큰 죄를 용서하지 못했었기
때문이다.

그러나 이십여 년 동안 천하를 유람하고 또 천추문 숙객당
에 은거하면서 깊은 수양을 쌓아 비로소 아내를 용서할 수 있
게 되었다.

완사가 일어나려고 봇짐을 챙기고 있는데 주렴이 걷히며
세 명의 무사가 거칠게 안으로 들어섰다.

경장을 입고 어깨에 도를 멘 것을 보아하니 이곳 죽산현 내
의 어떤 방파의 하급무사들 같은데 더위를 피해서 술이나 한

잔하려고 들른 것 같았다.

그들이 들어서자 시끄럽던 주루 안이 조용해졌다. 무기를 지닌 자들의 위엄은 어디에서나 먹히게 마련이다. 방금 전까지 악을 쓰듯이 떠들던 장사치나 방랑무사들은 음식에 코를 처박고 먹기에 바쁜 척했다.

무사들은 거들먹거리면서 실내를 두리번거리다가 가장 좋은 자리인 듯한 완사가 있는 곳으로 성큼성큼 다가와 인상을 쓰면서 으르딱딱거렸다.

"이봐! 다른 데로 꺼져!"

"그렇지 않아도 가려고 했소."

완사는 빙그레 미소 지으며 일어섰다.

"어? 웃어? 너 이 자식 이리 와봐라!"

완사가 봇짐을 등에 메고 나가려는데 무사 하나가 거칠게 그의 뒷덜미를 붙잡았다. 시골구석의 하급무사가 고금제일인을 능멸하고 있다.

"어이쿠. 내가 뭘 실수했는지는 모르지만 웬만하면 한번 봐주시오."

완사는 자신의 뒷덜미를 잡은 무사의 손을 부드러운 동작으로 떼어내며 미소를 잃지 않았다.

"어… 어……."

"고맙소이다."

무사가 멍한 얼굴로 서 있는 것을 보고 완사는 고개를 끄떡이고는 주루를 나갔다.

"어이. 왜 그래?"

"아… 아무것도 아냐."

자리에 앉은 동료들이 부르자 완사에게 손을 잡혔던 무사는 귀신에 홀린 듯한 표정으로 고개를 절레절레 흔들며 자리에 앉았다.

그는 방금 전에 완사가 손목을 잡았을 때 갑자기 온몸의 힘이란 힘이 모조리 다 빠져나가는 것 같은 이상한 느낌을 받았었다.

하지만 그는 평범해 보이는 완사가 무슨 수법을 발휘했을 것이라고는 생각하지 않았다. 다만 자신의 몸이 갑자기 안 좋아진 것 때문이라고 여겼다.

대파산 마천령 중턱에 아래로 푹 꺼진 사방 오 리 정도의 야트막한 분지가 있다.

사면이 높은 산봉으로 둘러싸여 있는 지형적 조건 덕분에 이 분지는 여름에는 서늘하고 겨울에는 매우 따스한 천혜의 조건을 지니고 있다.

분지 중앙으로 구도양하의 최상류 맑은 계류가 굽이쳐서 흐르고 있다.

그리고 그 곁에 십여 채의 아담한 전각과 모옥(茅屋)들이 아담하게 자리를 잡고 있다.

이곳의 이름이 도운거(都雲居)라는 사실을 알고 있는 사람은 거의 없다.

어제 죽산현을 출발한 완사는 밤이 되자 산 아래 민가에서 하룻밤을 묵고 아침에 다시 출발하여 늦은 오후 무렵에 도운거에 도착했다.

척!

구도양하를 따라서 구불구불 뻗어 있는 오솔길 끝 도운거 마당에 올라선 그는 불어오는 서늘한 바람에 옷자락을 흩날리며 잠시 그곳에 서서 주위를 둘러보았다.

이십여 년 만에 돌아온 집인데 어디 한 군데 변함없이 예전 그대로였다.

"웬 놈이냐?"

그때 어디선가 여자의 날카로운 외침이 터지더니 외침의 여운이 사라지기도 전에 하나의 희끗한 인영이 완사의 우측 허공에 나타나 그를 공격해 갔다.

사앗—

다음 순간 투명한 비늘 같은 빛살이 허공에서 번뜩이는 것 같더니 즉시 사라졌다.

단 한 차례의 번뜩임이었으나 일 초식 삼십팔 개의 변화가 찰나지간에 전개되어 완사를 덮친 것이다.

스으……

그런데 그 자리에 서 있던 완사는 감쪽같이 사라지고 대신 일신에 백의와 긴 치마를 입은 한 명의 여인이 홀연히 나타났다.

그녀는 마치 선녀처럼 아름답고 우아하며 또한 늘씬한 외모의 소유자인데 오른손에는 방금 공격한 무기인 듯 손가락 두 개 너비에 일 장 반 길이의 희고 단단한 물체가 쥐어져 있었다.

그녀는 자신의 공격이 실패한 것에 적잖이 놀란 듯한 표정으로 재빨리 주위를 둘러보았다.

그와 동시에 오른손에 쥐고 있던 무기가 저절로 스르르 오른팔에 감기면서 하나의 띠로 변했다.

사실 그것은 그녀의 허리띠인데 비상시에는 공력을 주입하여 무기로 사용한다.

이십이삼 세가량의 그녀는 정체불명의 인물이 자신의 급습을 피했다는 사실과 그가 감쪽같이 사라진 것 때문에 불신의 표정으로 눈을 깜빡거리며 두리번거리지만 어디에서도 그의 모습을 찾지 못했다.

"허허헛……. 도운거가 어쩌다가 이렇게 살벌해졌는가?"

"아!"

그런데 갑자기 등 뒤에서 나직한 웃음소리가 터지자 그녀는 깜짝 놀라는 것과 동시에 빙글 번개같이 반회전하면서 뒤를 향해 예의 오른팔에 감고 있던 띠를 쏘아냈다.

투우…….

"아……."

그러나 그녀는 자신의 몸이 어떤 항거할 수 없는 거대하면서도 부드러운 무형지기에 의해서 둥실 허공으로 떠오르며 느릿하게 뒤로 밀려가는 것을 느끼고 크게 놀라 눈을 동그랗게 떴다.

뒷짐을 진 여유 있는 모습의 완사는 전면 일 장 거리의 지상에서 한 자 높이에 둥둥 떠 있는 여자를 보면서 점잖게 꾸짖었다.

"적인지 친구인지 확인도 하지 않고 무작정 공격하다니, 도운거가 어찌 이렇게 변했느냐?"

그때 마당 건너 전각 쪽에서 십여 개의 인영이 마치 빛처럼 빠른 속도로 완사를 향해 쏘아왔다.

그중 가장 앞장선 사람이 완사 앞 이 장쯤에 멈추더니 깜짝 놀라고는 감격에 겨운 표정으로 몸을 바르르 떨었다.

"주인님… 돌아오셨군요……."

그녀는 오십여 세 정도의 중년 여인인데 비 오듯이 눈물을 쏟으며 그 자리에 부복하여 절을 올렸다.

그러자 함께 왔던 이삼십 세의 여인 십여 명도 일제히 부복했다.

조금 전에 완사를 공격했던 여자는 혼비백산한 표정을 지으며 어쩔 줄 몰랐다.

자신이 공격했던 사람이 이십여 년 만에 돌아온 이곳의 주인이라는 사실을 깨달은 것이다.

"죽을죄를 졌어요……!"

그러나 그녀는 완사에 의해서 허공에 떠 있는 상태이기 때문에 절을 올리지도 못하고 바들바들 떨면서 그저 후회의 눈물만 흘릴 뿐이다.

완사는 그녀를 살며시 땅에 내려놓고는 선두의 중년 여인을 굽어보았다.

"완(婉)아. 너도 많이 늙었구나."

"주인님… 벌써 이십 년이나 흘렀습니다……."

완사가 떠날 때 눈앞의 여인 송완(宋婉)은 이십오 세의 팔팔한 나이였었다.

그녀는 눈물범벅이 된 얼굴을 들고 완사를 우러러보며 감개무량한 표정을 지었다.

"여보—!"

그때 전각 쪽에서 몇 개의 인영이 이쪽으로 쏘아오고 있는데 그중에서 가장 앞선 인영이 찢어질 듯한 목소리로 울부짖었다.

"소선……."

완사는 그녀 옥소선을 보며 가슴에서 뜨거운 것이 울컥 치미는 것을 느꼈다.

가장 앞서 달려오는, 아니, 날아오는 여자는 삼십대 초반의 나이에 그야말로 월궁항아(月宮姮娥)처럼 아름다우며 고결한 미모와 품위를 지니고 있었다.

그녀 옥소선은 창백한 얼굴이 온통 눈물범벅이 되어 흐느끼면서 날아와 그대로 완사의 품으로 뛰어들었다.

"으흑흑……! 여보……!"

옥소선은 완사의 허리를 꼭 끌어안고 하염없이 흐느끼면서 어리광부리듯 몸부림을 쳤다.

"제가 죽은 다음에나 오실 줄 알았어요……. 살아생전에는 당신을 보지 못할 것만 같았어요……. 흑흑흑……."

그녀의 흐느낌이 비수가 되어 완사의 심장에 꽂혔다.

도운거에도 밤이 찾아왔다.

맑은 물이 흐르는 계류가에 지어진 그림처럼 그윽한 정자에 네 사람이 모여 있다.

사방이 탁 트인 정자 중앙 탁자에 완사, 아니, 도연훈(都淵勳)과 그의 아내 옥소선이 나란히 앉아 있고, 맞은편에는 송완과 십칠팔 세가량의 소녀가 나란히 서 있다.

옥소선은 다시는 헤어지지 않겠다는 듯 도연훈 옆에 찰싹 붙어 앉아서 그의 팔을 가슴에 끌어안고 그의 무릎과 허벅지와 등을 쓰다듬었다.

그를 바라보는 옥소선의 얼굴에는 더없는 애정이 넘쳤으며, 그를 옆에 두고서도 그리워서 견딜 수 없다는 표정이 가득했다.

도연훈은 그녀의 그런 모습을 보면서 이십여 년 전에 그녀를 원망했던 심정의 마지막 앙금마저 사라졌다.

오히려 자신이 없는 동안 그녀가 얼마나 가슴이 아팠으며 또 뉘우치면서 괴로워했을지 생각하니까 너무 늦게 돌아온 것이 후회스러웠다.

탁자 맞은편에 서 있는 송완과 소녀도 하염없이 기쁨의 눈물을 흘리고 있었다.

소녀는 도연훈을 처음 보지만 많은 얘기를 들었기에 감정을 주체하지 못했다.

도연훈은 문득 소녀를 보며 궁금한 표정을 지었다.

"소군. 저 아이는 누구지?"

옥소선은 도연훈 어깨에 뺨을 기댄 채 눈으로만 소녀를 바라보았다.

"서린(瑞璘)아. 사백께 인사드리지 않고 무얼 하는 게냐?"

소녀는 화들짝 놀라 급히 바닥에 무릎을 꿇고 도연훈에게 큰절을 올렸다.

"소녀 서린이 사백님을 뵈어요."

"사백이라니……. 소선의 제자인가?"

"네. 근처 화전민의 여식인데 졸지에 화적에게 부모를 잃고 세 살짜리 어린 것이 울고 있는 모습이 애처로워서 데리고 왔어요."

"잘했소."

도연훈이 빙그레 미소 지으며 잔을 비우자 옥소선은 냉큼 빈 잔에 술을 채웠다.

"너희도 앉아라."

도연훈은 서린과 송완을 탁자 맞은편에 앉히고 그녀들에게도 친히 술을 따라주었다.

"사실 나도 제자를 거두었다."

그는 줄곧 가슴속에만 품고 있던 귀여운 제자 용비에 대한 이야기를 들려주었다.

옥소선과 서린, 송완은 너무도 흥미진진한 애기에 푹 빠져서 시간가는 줄 모르고 들었다.

도운거 사람들은 세상과는 완전히 절연해서 살기 때문에 바깥세상의 일은 아무것도 모른다.

세 여자는 늠름한 용비에 대해서 도연훈이 설명할 때마다

울고 웃다가 또 어떨 때는 박수를 치면서 함성을 터뜨리며 좋아했다.

특히 열일곱 살 서린은 자기 또래인 용비가 마치 오빠라도 되는 듯 귀를 쫑긋 세우고 아름답고 큰 눈을 동그랗게 뜨고는 한 마디도 놓치지 않았다.

"아아… 굉장해요."

도연훈의 설명이 끝나자 모두들 감탄 어린 표정을 짓는데 특히 서린은 너무 놀라서 벌린 입을 다물지 못했다.

"사백님. 용비 오빠는 어떻게 생겼나요?"

그녀는 세 살 때 옥소선에게 업혀서 이곳에 온 이후 한 번도 바깥세상에 나가본 적이 없기 때문에 궁금한 것이 너무나 많다.

도연훈은 빙그레 미소 지었다.

"매우 잘 생겼단다. 그 아이가 거리에 나서면 모든 여자가 걸음을 멈추고 구경하기 때문에 거리가 마비되곤 한단다."

그는 매우 기분이 좋고 또 서린이 궁금해하는 모습이 재미있어서 조금 뻥을 쳤다.

"와아……. 그 정도예요?"

"키는 너보다 두 배 가까이 크고 체구는 서너 배 이상 듬직하지."

서린은 까치발을 하고 일어나 손바닥을 펴서 한껏 위로 뻗

어보고 또 두 팔을 벌려서 자기보다 서너 배나 큰 체구라면
얼마나 될까 가늠하느라 정신이 없다.

"세상에……. 그게 괴물이지 사람이에요?"

"허허허헛!"

"아하하핫!"

도연훈과 옥소선 등은 서린이 순진하게 그 말을 믿고 놀라
는 모습이 우스워서 박장대소했다.

네 사람은 밤이 이슥하도록 술과 요리를 먹으면서 이런저
런 얘기를 하느라 시간가는 줄 몰랐다.

도연훈도 옥소선도 서로 진지하게 나눌 이야기가 있었으
나 그날 밤은 그것에 대해서는 아무 말도 하지 않았다. 이십
여 년 만의 해후가 빛이 바랠까 봐서다.

第九十二章 후회

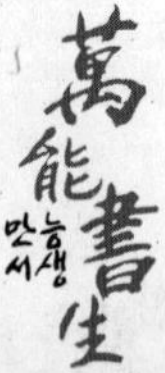

아침에 눈을 뜬 도연훈은 제일 먼저 머리가 지끈거리고 몸이 천근만근 무거운 것을 느꼈다.

간밤에 술을 많이 마시기는 했었다. 정자에서도 많이 마셨지만 나중에 옥소선과 침실에서는 더 많이 마셨다. 이십여 년만의 해후를 풀고 또 이십여 년만의 잠자리를 함께하게 되어 들뜨고 긴장했기 때문이었다.

그러나 아무리 그렇더라도 도연훈 정도의 초절고수가 머리가 아프고 몸이 무겁다는 것은 말이 안 된다.

그래서 그는 뭐가 잘못됐는지 잠시 누워서 생각을·해보았으나 답을 찾지 못했다.

잘못될 일이 없기 때문이다. 이십여 년 만에 집에 돌아와서 즐겁게 술을 마시고 아내와 잠자리를 같이했다. 그것이 잘못 됐을 리는 없다.

그런데 그는 갑자기 멍해졌다.

'공력이 없다……'

그는 굳이 운공조식을 할 필요가 없다. 단지 생각을 하는 것만으로 운공조식을 하는 것보다 더 뛰어난 효과를 얻을 수 가 있다.

방금 그는 자신의 체내에 공력이 한 움큼도 남아 있지 않은 사실을 알게 되었다.

아니, 어쩌면 공력이 있는데 끌어올리지 못하는 것인지도 모른다. 어쨌든 무공을 사용하지 못하게 된 상태인 것만은 분 명하다.

모든 일에는 원인과 결과가 있다. 그가 이런 상태가 된 것 이 결과라면 그렇게 된 원인이 있을 것이다.

암습을 당했을지도 모른다는 것은 배제한다. 천하에서 그 를 암습할 인물은 결단코 없다.

독인가?, 아니, 그것도 아니다. 그는 오래전에 만독불침의 신체가 되었기 때문에 어떤 맹독이나 극독으로도 그를 중독 시키는 것은 불가능한 일이다.

그의 생각은 빠르게 다른 것으로 옮겨갔다. 대체 누가 이랬는가 하는 것이다.

도운거 내에서 일어난 일이므로 아내 옥소선의 소행이라고 생각해야 한다.

그게 아닐지도 모른다. 이곳이 도운거가 아니라면? 그러고 보니까 그는 술에 취해서 정신없이 잔 것 같다.

옥소선과 한 차례 정사를 나누고 그녀를 품에 안은 채 잠이 든 것까지는 기억이 나는데 그 이후가 전혀 기억이 나지 않는다.

누가 그를 다른 곳으로 옮겼다면 몰랐을 리가 없다. 아니, 공력이 사라졌거나 끌어올리지 못하는 상태라면 다른 곳으로 옮겼더라도 전혀 느끼지 못했을 것이다.

또한 옆에 누워 있어야 할 옥소선이 느껴지지 않는다. 그런데도 그는 고개를 돌려 침상에 그녀가 없다는 것을 눈으로 확인했다.

방저원개(方底圓蓋). 바닥이 네모난 그릇에 둥근 뚜껑을 덮은 것처럼 이것은 앞뒤가 맞지 않았다.

"일어나셨어요?"

그때 방문이 열리고 화사하고 흰 옷차림의 옥소선이 역시 희고 깨끗한 한 벌의 옷을 들고 들어서면서 도연훈을 보며 미소를 지었다.

그러나 도연훈은 그녀의 미소가 왠지 슬프고 아련하다는 느낌을 받았다.

그렇다. 그녀가 흉수다. 무슨 수법을 썼는지는 몰라도 그가 공력을 끌어올리지 못하게 만든 것은 그녀가 분명하다. 저 슬픈 미소가 그것을 증명하고 있지 않은가.

도연훈은 몸을 일으켰다. 몸은 천근만근 힘겹게나마 움직여져서 앉을 수 있었다.

그렇지만 열병을 앓는 것처럼 온몸에 힘이, 아니, 맥이 하나도 없다.

무공을 모르는 사람이 이럴 것이다. 그런데 그는 간밤에는 초절고수였다가 아침에 평범한 몸이 되다 보니까 더욱 기운이 없는 것이다.

그는 알몸이다. 간밤에 옥소선과 정사를 한 후에 그대로 잤기 때문이다.

옥소선은 그의 옆에 앉아서 마치 오랜 세월 동안 그래왔던 것처럼 도연훈에게 정성껏 옷을 입혀주었다.

도연훈은 그녀가 하는 대로 맡겨두고 아무 말도 하지 않았다. 그녀가 먼저 말해주기를 기다리는 것이다.

그러나 그녀는 아침식사를 하는 자리에서도, 그 후에 차를 마실 때에도 말을 하지 않았다.

아니, 그것하고는 관계가 없는 오늘 날씨가 좋다느니 당신

이 돌아왔으니 도운거를 증축을 해야겠다는 등 쓸데없는 말
들만 늘어놓았다.

　도연훈은 나름대로 공력을 회복하려고 암암리에 애를 썼
으나 요지부동이다.

　도대체 무슨 악독한 수법을 썼기에 도연훈 같은 초절고수
를 이 지경으로 만들었는지 모를 일이다.

　정원을 걸으면서 산책을 하는 것도 도연훈은 힘이 부쳐서
가쁜 숨을 몰아쉬었다.

　수십 년 동안 공력에만 의존해서 움직이다가 순전히 체력
으로만 움직이려니까 그런 것이다.

　오랜 세월 동안 체력에 의지하고 또 숙달되면 여느 평범한
사람처럼 될 터이다.

　하지만 그는 그럴 생각이 추호도 없다. 무슨 수를 써서라도
공력을 되찾을 것이다.

　옥소선이 그의 한쪽 팔을 두 팔로 잡아 가슴에 끌어안은 채
부축하면서 걷고 있다.

　'돌아오지 말았어야 했다.'

　그는 한 걸음 한 걸음 힘겹게 걸음을 옮기며 연민의 표정으
로 옥소선을 쳐다보며 도운거에 돌아온 것이 회지막급(悔之
莫及)이라고 여겼다.

아내는 이십여 년 전의 일을 아직도 뉘우치지 않고 있는 것이 분명하다.

그러니까 어떤 모종의 악독한 수법을 사용하여 그의 공력을 없앤 것이다.

죄를 저지르고서도 뉘우치고 또 반성하지 못하는 인간처럼 불쌍한 일은 없다.

이십여 년 전. 아내는 그 천하의 불효막심한 아들놈에게 도연훈이 심혈을 기울여서 집필한 만절사신록(萬絶四神錄)을 훔쳐서 건네주었다.

아들놈은 만절사신록을 달라고 그토록 애원했었으나 도연훈은 그것을 자신의 아들처럼 사악한 놈에게 주느니 차라리 불태워 버리겠다는 심정이었다.

그런데 옥소선이 그걸 훔쳐서 아들에게 줘버린 것이다. 그야말로 비뚤어진 모정이었다.

아들놈은 만절사신록을 갖고 그 길로 달아나서는 이후 도연훈 앞에 모습을 나타낸 적이 없었다.

아니, 그 이전에도 그놈은 철이 들면서부터 이들 부부하고 함께 살지 않았었다.

그리고는 무림의 패거리들과 몰려다니면서 무슨 작당을 하고 다니는지 도연훈은 관심조차 없었다. 그런 아들은 없는 셈 쳤기 때문이었다.

　그래서 도연훈은 아내를 용서하지 못하고 도운거를 떠나 정처없이 방랑을 했었던 것이다. 비뚤어진 모정에 대한 그 나름의 벌을 주려 했었다.

　그 아들놈은 악마의 자식이다. 어떻게 도연훈 자신의 피를 받고 태어난 아들이 악마 같은 놈이었다는 말인가.

　그때 두 사람의 앞쪽에서 옥소선의 어린 제자 서린이 팔랑거리면서 달려와 명랑한 얼굴로 인사를 했다.

　"사부님. 안녕히 주무셨어요?"

　"오냐. 너도 잘 잤느냐?"

　옥소선은 평소와 다름없이 환한 미소로 제자를 맞았다. 도연훈이 알고 있는 순수하고 여린 감성의 그녀가 아니다. 지금 그녀는 정신이 어떻게 돼버린 사람 같았다.

　어찌 남편에게 그런 짓을 해놓고서도 아무렇지도 않을 수가 있다는 말인가.

　서린은 두 사람 앞에 서서 도연훈을 보며 고개를 갸웃거리며 물었다.

　"그런데 이분 할아버지는 누구예요?"

　도연훈은 '할아버지' 라는 말에 문득 짚이는 것이 있어서 손을 들어 자신의 얼굴을 만져 보았다.

　손에 온통 쭈글쭈글한 주름이 만져져서 폭삭 늙어버린 것을 알 수 있다.

어제만 해도 사십대 중반의 얼굴이었던 그가 노인 얼굴로 변했다.

사실 그의 원래 나이는 팔십육 세다. 무공이 초절지경에 이르렀기에 자연적으로 반로환동이 되어 중년 모습을 유지했던 것이다.

그가 마음만 먹으면 청년이나 소년의 모습을 하고 다닐 수도 있었다.

그는 자신이 간밤에 공력을 잃은 것이 분명하다고 생각했다. 그랬기에 반로환동이 사라지고 팔십육 세의 본모습을 되찾은 것이다.

옥소선은 도연훈이 팔십육 세 노인으로 변했는데도 아무렇지 않은 듯이 행동하고 있다.

그녀 역시 팔십 세에 가까운 나이지만 반로환동에 이르러 삼십대 나이로 보인다.

그녀가 도연훈을 이렇게 만든 것이 분명하다. 과연 무엇이 그녀를 이토록 악독하게 만들었다는 말인가. 도연훈으로서는 짐작조차 가지 않는다.

"린아. 이분이 바로 사백이란다."

"네에?"

옥소선이 태연하게 대답하자 서린은 눈을 동그랗게 뜨며 놀랐다.

옥소선은 도연훈의 팔을 더욱 힘주어 안으면서 방글방글 미소 지었다.

"이 사람이 다시는 내 곁을 떠나지 못하도록 내가 공력을 아예 없애 버렸단다."

서린은 혼비백산했다.

"어… 떻게 그런 일을……."

그녀는 도저히 옥소선을 이해할 수 없다는 표정으로 도연훈을 바라보았다.

도연훈은 마침내 아내의 입에서 진실을 알게 되었다. 그녀는 이십여 년 만에 집에 돌아온 도연훈이 다시 자신의 곁을 떠날까 봐 두려워서 그의 무공을 없앤 것이었다. 실로 어이없는 짓을 저질렀다.

도연훈은 이곳에서 아내와 함께 여생을 보내려고 돌아왔건만 아내는 이처럼 어리석은 짓을 저질렀다.

일월욕명부운폐지(日月欲明浮雲蔽之)라, 해와 달이 밝게 빛나려고 하지만 한 조각 뜬구름이 가려 천지를 어둡게 만드는구나.

*　　　*　　　*

화봉각 천봉루.

용비는 벌써 보름째 연공실에 틀어박혀서 한 가지 일에만 발분망식(發憤忘食)하고 있는 중이다.

천봉루 지하에 있는 이 연공실은 옥연 혼자 전용으로 사용하던 장소였다.

그러나 그녀는 용비의 여자가 된 이후에는 무공에 욕심을 내지 않고 있다.

그저 시간이 날 때마다 지금까지 익혔던 무공을 잊지 않으려고 조금씩 연습을 하는 정도일 뿐이다. 이제 그녀의 꿈을 이루어줄 사람이 따로 있기 때문에 자신은 용비에게 내조만 잘 하면 된다고 생각했다.

현재 용비는 만절사신공을 칠성 정도 익힌 상태다. 광동성 남구릉 동굴에서 나왔을 때 오성 정도였으니까 그동안 이성이나 증진되었다.

만절사신이 그림 속에 들어간 지도 이십 일이 지났다. 용비는 그들을 그림 속으로 들어가게 한 후에 닷새쯤 일을 처리하고 나서 곧장 이곳 연공실로 들어왔다.

절대십천의 태천주와 다른 천주들을 상대하려면 지금의 실력으로는 어림도 없다고 판단했기 때문이다.

그는 만절사신이 부단히 노력하여 절대십천의 천주들을 상대할 수 있을 만큼의 무위로 증진시키기를 원하고 있다. 그럼 자신이 태천주를 상대한다는 계획이다. 원흉은 태천주와 천주들이기 때문이다.

그에게는 또 다른 계획이 있다. 절대십천과의 싸움을 질질 끌지 않고 또 많은 사람들을 희생시키지 않는 방법을 선택한 것이다.

즉, 절대십천의 공격을 기다리지 않고 선수를 치는 것이다. 자신과 만절사신이 절대십천에 잠입하여 태천주와 천주들만 죽인다는 계획이다.

맹독을 지닌 독사의 머리를 자르기만 하면 절대십천은 무용지물이 되고 만다.

그것이 성공한다면 여의신벌이나 절대십천 쌍방 간에, 그리고 천하무림 전체로도 필설로 설명할 수조차 없는 많은 희생을 모면할 수가 있다.

그러기 위해서는 반드시 두 가지가 필요하다. 첫째는 용비와 만절사신이 태천주와 천주들을 죽일 수 있는 힘을 기르는 것이고, 둘째는 그렇게 준비를 하고 있는 동안 절대십천이 여의신벌을 공격하지 말아야 한다.

두 가지 다 어려운 일이이어서 어쩌면 실패할지도 모른다.

그러나 시도해 볼 가치는 충분히 있다.

성공만 한다면 천하무림을 도탄에서 건져 낼 뿐 아니라 쌍방 간의 싸움, 아니, 전쟁으로 발생하게 될 수많은 인명을 구할 수 있다.

한 가지 다행스러운 점은 절대십천이 아직까지 이렇다 할 행동을 취하지 않고 있다는 사실이다.

'왜 그러지?'

운공조식을 하던 중에 용비는 이상한 기분이 들었다.

예전에 그는 삼원심법의 사공을 운공했었으나 현재는 삼강을 운공한다. 그만큼 무공이 증진됐기 때문이다.

그가 삼강을 운공하는 방법은 단전에 축적되어 있는 태미신강과 자미신강, 천시신강을 차례로 사지백해 기경팔맥으로 주천시키는 것이다.

얼마 전까지는 단전에서 태미신강을 내보내서 주천이 끝나면 다시 자미신강을, 마지막으로 천시신강을 내보내서 주천시키면 한 차례 운공이 끝나는 식이었다.

하지만 얼마 전부터는 그 방법이 발전되어 삼강을 차례로 한꺼번에 운공한다.

즉, 첫 번째 태미신강의 주천이 끝나지 않은 상태에서 두 번째 자미신강과 세 번째 천시신강을 연이어 운공하면 그 세 가지 각기 다른 신강이 체내의 각기 다른 혈맥을 주천한 후에 단전으로 차례로 회귀한다.

지금도 그는 그 방법대로 운공조식을 하고 있었다. 그런데 다섯 번째 운공조식에서 뭔가 이상한 일이 일어났다.

단전에서 차례로 나가서 주천하고 있던 삼강이 서로 뒤엉키기 시작한 것이다.

지금까지 이런 일은 한 번도 없었다. 태미, 자미, 천시, 삼강은 서로 성질이 판이하기 때문에 절대 그럴 수 없으며 그래서도 안 되는 것이다.

'안 되겠다.'

다급해진 용비는 급히 운공조식을 중지하면서 뒤섞이려던 삼강을 떼어놓으려고 시도했다.

과연 운공을 중지하자 태미, 자미, 천시신강은 차례로 단전으로 회귀하여 아무 일도 없었다는 듯 잠잠해졌다.

그는 잠시 가만히 있다가 다시 운공조식을 시작했다. 조금 전에는 왜 그랬는지 모르지만 운공을 하는 과정에서 뭔가 착오가 일어났을 것이라고 생각했다.

'이런……'

그런데 또다시 삼강이 엉키며 뒤섞이기 시작하자 즉시 운공조식을 중지했다.

그는 연공실 한복판의 석대 위에 가부좌로 앉은 채 꼼짝도 하지 않고 무엇 때문에 이런 일이 벌어지는지 원인을 알아내기 위해서 곰곰이 궁리에 몰두했다.

그러나 만절사신공에 대해서는 이론보다 실행에 더 밝은 그로서는 도무지 원인을 알 수 없었다.

'사공과 삼강은 근본적으로 다른 것인가? 사공이 발전하여 삼강이 된 것이 아니라는 말인가?

그는 그렇게 생각하고 있었다. 사부 완사는 삼원심법을 계속 꾸준히 정진하면 사공 이후에 삼강을 터득하게 될 것이라고 말했었다.

'어째서 삼강이 서로 뒤엉키는 것이지? 그렇게 되면 무슨 일이 일어나는가?

궁금했다. 하지만 궁금증을 해소하기 위해서 삼강이 뒤엉키는 일을 자꾸만 반복하는 것은 위험하다.

자칫 잘못되면 곧장 주화입마로 이어질 것이고 그리되면 그것으로 끝장이다.

하지만 운공조식만 하면 삼강이 뒤엉키는 현상이 벌어지기 때문에 앞으로는 운공조식을 할 수 없을 것이다.

그것도 방관할 수 없는 일이다. 무공을 연마하는 사람이 운공조식을 하지 못한다는 것은 어부가 배를 타지 않는 것이나 같다.

그는 운공조식을 할 것이냐 말 것이냐를 두고 다시 고심에 빠졌다.

수하의 다급한 보고를 받은 한정과 옥연은 지하의 연공실을 향해 정신없이 달려 내려왔다.

쿠르르르…….

그녀들이 한달음에 계단을 내려가고 있는 동안에도 통로

가 금방이라도 무너질 듯이 격렬하게 흔들렸다.

방금 전에 헐레벌떡 달려온 수하는 굳게 닫힌 연공실 석문과 석벽이 마구 흔들리고 있다는 보고를 했었다.

그런데 한정과 옥연이 달려 내려오는 중에는 지하 전체가 심하게 진동하고 있었다.

"아아……. 무슨 일이에요, 언니? 용랑에게 변고라도 생겼으면 어떻게 해요?"

미친 듯이 통로를 달리면서 옥연은 금방이라도 울음을 터뜨릴 듯했다.

쿠르르릉……. 후두둑……. 쿠쿵!

통로는 더욱 격렬하게 진동했으며 돌가루가 비 오듯이 떨어지다가 여기저기 천정과 벽에서 돌덩이와 벽돌이 쑥쑥 빠져서 바닥에 떨어졌다.

한정은 말은 하지 않지만 표정은 옥연보다 더 심각했고 가슴속은 새카맣게 숯덩이가 되었다.

그녀가 짐작하기에 용비가 무공연마를 하다가 무엇이 잘못된 것이 분명한 것 같았다.

그녀들이 연공실 석문 앞에 이르렀을 때에는 그곳을 지키는 수하, 즉 여의호위대 호위고수 두 명은 쓰러지지 않으려고 벽에 기대서 간신히 중심을 잡고 있었다. 달려오는 한정과 옥연을 발견했으나 예를 취할 형편이 아니었다.

"무슨 일이냐?"

"소, 속하들도 모르겠습니다……! 갑자기 석문 틈으로 눈부신 광채가 새어 나오더니 진동하기 시작했습니다……!"

옥연이 다그치듯 묻자 호위고수 한 명이 예를 취하려고 애쓰며 대답했다.

"비켜라!"

척!

옥연은 소리치면서 석문 옆의 기관장치를 급히 눌렀다. 그러나 석문은 열리지 않고 더욱 거세게 흔들릴 뿐이다. 금방이라도 무너질 것만 같았다.

지금의 이 진동으로 석문을 열고 닫는 기관장치가 망가진 것이 분명했다.

"용랑! 괜찮아요?"

"용랑! 무슨 일이에요?"

옥연이 비명처럼 외치자 별 뾰족한 방법이 없는 한정도 사색이 되어 소리쳤다.

급기야 울음을 터뜨린 옥연은 주먹으로 석문을 두드리면서 한정에게 외쳤다.

"으앙! 언니! 어떻게 좀 해봐요! 용랑에게 무슨 일이 생겼나 봐요!"

한정은 어깨의 검을 뽑았으나 그것으로 어떻게 해볼 방법이 없다는 것을 곧 깨달았다.

우드득…….

그때 석문이 세로로 크게 갈라지자 한정이 급히 옥연의 어깨를 잡고 옆으로 몸을 날렸다.

"위험해!"

두 명의 호위고수도 소스라치게 놀라 석문 좌우로 피했다.

퍼퍽!

그와 동시에 석문이 그대로 터지며 수많은 돌덩이가 맞은편 벽으로 쏟아졌다.

그리고는 진동이 뚝 그치며 조용해졌다. 한정은 옥연을 안은 채 뿌연 돌가루를 뒤집어쓴 모습으로 석문, 아니, 석문이 있던 자리를 쳐다보았다.

그곳에는 마차 한 대가 통째로 들어갈 정도로 큰 구멍이 뚫려 있었다.

"용랑—!"

한정과 옥연은 누가 먼저랄 것도 없이 연공실 안으로 달려들어가며 외쳤다.

그런데 그녀들은 급히 멈췄다. 연공실 한가운데에 희한하고도 굉장한 광경이 펼쳐져 있었기 때문이다.

그곳에는 작은 동산 같은 커다란 반원형의 막(幕)이 형성되어 있었다.

그런데 막에는 찬란한 금빛광채가 물결처럼 한쪽 방향으로 천천히 흐르고 있었다.

연공실 안은 태풍이 휩쓸고 지나간 것처럼 쑥대밭이었다. 무너지지 않은 것이 다행일 정도다.

그리고 막 안쪽 석대에 용비가 두 여자 쪽을 향해서 가부좌의 자세로 앉아 있는 모습이 흐릿하게 보였다.

"용랑!"

두 여자는 반가운 마음에 울음을 터뜨리면서 그에게 달려들며 외쳤다.

그녀들의 외침을 들었는지 용비가 천천히 눈을 떴다. 그와 함께 그를 중심으로 천천히 회전하고 있던 금막이 스르르 걷혔다.

금막이 완전히 걷히고 석대 위에 앉은 용비가 조용한 목소리로 물었다.

"무슨 일이냐?"

"엉엉! 우린 용랑에게 무슨 일이 생긴 줄 알았어요……!"

옥연은 용비의 운공조식이 끝났다고 생각하여 그에게 안기며 울음을 터뜨렸다.

한 시진 전에 용비는 결단을 내리고 운공조식을 재개했었다. 만약 삼강이 뒤엉키면 어떤 현상이 벌어지는지 두고 보자는 것이다.

운공조식을 영원히 하지 않을 수도 없는 노릇이니까 모험을 해보자는 뜻이었다.

시도해 본 결과는 대만족이다. 주화입마 같은 것은 일어나지 않았으며 오히려 삼강이 뒤엉키면서 하나로 융합해 버렸고, 그때부터 운공조식은 일사천리로 이루어졌다.

그리고는 운공조식을 끝내고 나니까 한정과 옥연이 눈앞에 서 있었던 것이다.

연공실이 박살 나고 석문이 터져 나갔다는 사실도 까맣게 모르고 있었다.

"정아. 나는 괜찮다."

용비는 품에 안겨서 어린아이처럼 우는 옥연의 머리를 쓰다듬으며 역시 선 채로 울고 있는 한정을 쳐다보았다.

한정은 안도의 표정으로 눈물을 닦으면서 말없이 비켜서서 커다란 구멍이 뻥 뚫려 있는 석문을 가리켰다. 이런 상황이라서 자신들이 놀라 달려왔다는 뜻이다.

＊　　　＊　　　＊

항주 성 밖 남쪽의 드넓은 평원에는 예전에는 없던 광경이 펼쳐져 있다.

커다란 통나무 삼층집들이 질서 있게 동서남북 네 방향에

줄지어져 있다.

한쪽 방향에 이백여 채씩 도합 팔백여 채, 부속건물까지 합치면 천여 채가 넘는 어마어마한 규모가 평원을 뒤덮고 있는 광경이다.

그리고 평원의 사방 십여 리가 사각형으로 온통 높은 나무 담으로 둘러쳐져 있다.

몇 아름이나 되는 굵으면서도 길이 삼 장의 통나무들을 세로로 촘촘하게 박아서 이은 담이다. 천여 채의 통나무집은 그 담 안에 자리를 잡고 있다.

삼층의 통나무집들은 모두 숙소이며 현재 만 오천 명이 거주하고 있다.

그들은 절강무림 천오백여 방, 문파에서 일차적으로 열 명씩 선발된 사람들이다.

그들이 제일기이며 '절강무사(浙江武士)'라고 명명된 절강무림 자체 방호세력이다.

그들 제일기 절강무사들은 이곳 신무장(神武場)에서 구슬땀을 흘리면서 무술연마에 여념이 없다.

그들을 가르치는 무술교관들은 천추문과 신룡보, 나부파의 고수들이다.

원래 방, 문파들은 자신들의 성명무공이 밖으로 유출되는 것을 극히 꺼리지만 이들 세 문파는 그런 것을 전혀 상관하지 않았다.

천하무림의 대의를 위해서 사사로운 규범이나 욕심 따위는 내던져 버린 평이담백(平易淡白)의 정의로움을 실천하고 있는 것이다.

절강무사 만오천 명이 신무장에 기거하면서 무술연마를 한지 어느덧 두 달이 되어가고 있다.

짧다면 짧고 길다면 긴 그 기간 동안 절강무사들은 예전에 비해서 놀라운 발전을 보이고 있다.

그들은 대부분 십대 후반에서 이십대 후반까지의 혈기왕성한 청년들이다.

그러므로 체력이 좋고 가르치면 가르치는 대로 마른 모래가 물을 빨아들이는 것처럼 배우고 받아들였다.

그래서 그들은 자신들이 예전에 무도관이나 자파에서 수년부터 십여 년 이상에 걸쳐서 무술을 배웠던 것보다, 이곳에서 두어 달 동안 배운 것이 훨씬 더 알차고 대단하다고 입을 모았다.

실제 그들은 두어 달 전에 신무장에 들어왔을 때보다 두 배 이상 고강해진 상태다.

그것만 봐도 이곳에서의 훈련이 얼마나 혹독한지 미루어 짐작할 수 있을 터이다.

第九十三章 오의(奧義)

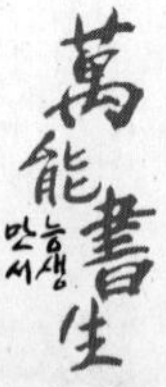

용비는 천추문으로부터 급한 전갈을 받았다.

한 명의 낯선 소녀가 천추문에 찾아와 용비를 만나게 해달라면서 난동을 부리고 있는데 아무도 그녀를 감당하지 못하고 있다는 것이다.

서둘러 천추문에 도착한 용비는 눈앞에 벌어져 있는 광경에 약간 어이없는 표정을 지었다.

천추문 고수 백여 명이 겹겹이 포위망을 형성하고 있는 안쪽에 한 명의 소녀가 오연히 서 있는데, 그녀 주변에 얼추 오십여 명은 됨직한 고수가 널브러졌으며 하나같이 고통스러운 신음을 흘리고 있었다.

쓰러져 있는 천추문 고수들은 어디 부러진 것도 아니고 피를 흘리지도 않는데 어디를 어떻게 다쳤는지 일어서지 못하고 앓는 소리를 냈다.

포위망의 안쪽에 천추문주 한성림과 한무군, 쟁쟁한 일대제자들이 소녀와 대치하고 있지만 함부로 공격하는 사람은 아무도 없었다.

조금 전에 소녀가 신들린 듯한 솜씨로 천추문 고수 오십여 명을 어떻게 쓰러뜨렸는지 똑똑하게 목격했기 때문에 감히 덤비지 못하는 것이다.

용비와 한정, 옥연이 도착하자 천추문 고수들은 공손히 예를 표하면서 길을 터주었고, 세 사람은 포위망 안쪽으로 들어가서 한성림 옆에 섰다.

한성림과 한무군 등은 용비에게 정중하게 허리를 굽혔다.

"자신이 누군지 설명도 하지 않고 주군의 별호와 존함을 대면서 무조건 만나게 해달라는 겁니다."

허리를 편 한성림이 소녀를 가리키면서 계면쩍은 듯 씁쓸한 표정을 지었다.

용비는 소녀를 쳐다보았다. 십칠팔 세쯤 어린 나이에 얼굴이 매우 하얗고 예쁘장하며 눈이 커다란 것이 겁이 많게 보였다.

무기를 지니고 있지도 않았는데 그런 소녀가 단지 맨손만
으로 천추문 고수를 오십여 명이나 쓰러뜨리고 또 아무도 덤
벼들지 못하게 했다는 사실이 용비로서도 쉽게 믿어지지 않
았다.

"낭자는 나를 찾는 것이오?"

용비가 묻자 소녀는 그를 말끄러미 바라보더니 고개를 살
랑살랑 가로저었다.

"당신 말고 만능서생 용비 오빠를 만나러 왔어요."

"내가 용비요."

소녀는 또다시 고개를 가로저었다.

"사백께서 용비 오빠는 나보다 키가 두 배 크고 몸집은 서
너 배라고 했어요. 하지만 당신은 나보다 크긴 해도 그 정도
는 아니에요. 그러니까 당신은 아니에요."

용비는 소녀에 대해서 호기심이 생겼다. 저토록 어린 소녀
가 이렇게 고강한 데다 또한 용비를 '오빠'라고 부르는 것이
이상했다.

더구나 소녀는 마치 피를 나눈 친오빠를 부르듯이 매우 친
근하게 말했다.

"낭자의 사백이 누구요?"

"도연훈이에요."

용비로선 처음 들어보는 이름이다. 그런 걸로는 소녀가 누

군지 알 수가 없다.

용비뿐만 아니라 한정이나 옥연도 그런 이름을 모르는 것 같았다.

"왜 나를 찾는 것이오?"

"당신은 용비 오빠가 아니라니까요?"

용비는 실소가 났다.

"낭자보다 키가 두 배 크고 몸집이 서너 배 더 크다면 그게 괴물이지 사람이오?"

"나도 그렇게 생각하지만 사백께서 분명히 그렇게 말씀하셨어요."

그녀는 사백의 농담을 철석같이 믿고 있었다.

"그는 용비에 대해서 또 뭐라고 했소?"

소녀는 귀엽고 순진한 까만 눈을 깜빡거렸다.

"용비 오빠는 너무 잘생겼기 때문에 그가 거리에 나서기만 하면 수많은 여자가 몰려드는 바람에 통행이 마비된다고 그랬어요."

용비는 소녀의 사백이 누군지는 몰라도 그녀에게 짓궂은 농담을 했다고 생각했다.

"당신은 내가 본 사람 중에서 제일 잘생기긴 했지만 그 정도는 아닌 것 같아요."

용비는 소녀에게 사백이 있으면 사부도 있을 것이라는 생각이 들었다.

"낭자의 사부는 누구요?"

"당신은 모를 거예요. 사부님께선 바깥세상에 일체 나가지 않으시니까요."

용비는 한정과 옥연이 무림에 대한 지식이 풍부한 것을 믿었다.

"그렇더라도 말해보시오. 혹시 알지 모르잖소."

"옥소선이라고 들어봤나요?"

용비는 깜짝 놀랐다. 예전에 사부 완사가 자신이 사랑하는 여인이 대파산에 살고 있으며 그녀의 이름이 옥소선이라고 알려주었었다.

"낭자는 대파산에서 왔소?"

소녀는 깜짝 놀라 눈을 크게 떴다.

"그걸 어떻게 알았어요?"

"예전에 사부님께서 부인이 대파산에 사는 옥소선이라고 말씀하셨소."

"아… 그럼?"

"내가 용비요."

소녀는 진지한 표정으로 용비를 뚫어지게 주시했다. 자신이 생각하고 있는 괴물 같은 사람과 용비 사이에서 갈등하고 있는 것 같았다.

"그런데도 사백의 이름을 모르나요?"

"사부께선 자신에 대해서는 아무것도 가르쳐 주지 않으셨소. 단지 세상 사람들이 그분을 만절기황이라고 부른다는 것을 알고 있소."

짝!

"맞아요! 사백님이 만절기황이에요!"

소녀는 손뼉을 치면서 환한 표정을 지으며 즉시 경계심을 풀고 용비에게 쫄랑쫄랑 다가왔다.

"그렇다면 당신이 용비 오빠가 틀림없군요. 하지만 어째서 사백님께서 당신을 그렇게 설명했는지 모르겠군요."

그녀는 우뚝 서 있는 용비에게 곧장 다가오더니 두 팔을 벌려서 그를 힘껏 끌어안았다.

"보고 싶었어요. 용비 오빠."

체구가 용비에 비해서 절반밖에 안 되는 그녀가 마치 엄마나 누나처럼 그를 안으려고 하니까 잘 되지 않았다.

"이렇게 안아보니까 용비 오빠가 정말 크다는 것을 알 수 있겠어요."

그녀는 품에 안긴 채 저만치 위에 있는 용비의 얼굴을 올려다보면서 해맑게 미소 지었다.

소녀는 옥소선의 제자인 서린이었다. 도운거에서 벌어진 어떤 사건 때문에 그 사실을 용비에게 알리려고 멀리 대파산에서 이곳 항주까지 쉬지 않고 달려왔다.

하늘 아래 천애고아가 돼버린 그녀가 한 달 이상 긴 여행 끝에 용비를 만났으니 그 반가움은 말로 표현할 수 없을 정도다.

천추문 내실 어느 방에 용비와 소녀, 그리고 한정과 옥연이 탁자에 둘러앉았다.

"그게 정말이오?"

소녀의 그리 길지 않은 설명을 듣고 난 용비는 혼비백산할 정도로 놀랐다.

소녀, 옥소선의 제자 서린은 심각한 표정을 지으며 고개를 끄떡였다.

"전날 밤에만 해도 근사한 중년인이었던 사백님 모습이 하룻밤 만에 쭈글쭈글한 노인으로 변한 것을 제 눈으로 똑똑히 봤다니까요? 그리고 사부님께서 왜 그랬는지 이유를 제게 설명해 주셨어요."

"음……."

용비는 거의 일 년 육 개월 만에 처음 듣는 사부의 소식이 너무 황당해서 말문이 막혔다.

그렇지만 서린의 말을 들어보니 결코 지어낸 말이 아니다. 그녀가 그럴 이유도 없을 뿐더러 설명하는 앞뒤가 다 들어맞았다.

사부 완사, 아니, 도연훈은 사랑하는 사람이 옥소선이며 대 파산에 살고 있다고 말할 때 창밖을 바라보면서 잠시 회상에 잠긴 듯한 모습이었다.

그래서 용비는 사부가 옥소선이라는 분을 매우 사랑하고 있으며 언젠가는 그녀에게 갈 것이라고 예상했었다.

“옥소선이라는 여자, 정말 지독하네요. 남편을 떠나지 못하게 하려고 그런 짓을 하다니…….”

옥연이 기가 막힌다는 표정으로 고개를 절레절레 저었다.

그녀와는 달리 한정은 얼굴 가득 걱정스러운 표정을 지으며 용비를 바라보았다. 그가 사부를 얼마나 따르고 존경하는지 잘 알기 때문이다.

“용랑. 어떻게 하죠?”

한정의 물음에도 용비는 착잡한 심정을 금하지 못하고 입을 굳게 다물었다.

마음 같으면 지금 당장 대파산으로 사부를 구하러 가고 싶지만 이곳의 상황이 그렇게 여유롭지 못하다. 그가 자리를 비우면 아무것도 안 되기 때문이다.

그는 잔뜩 불안한 표정을 짓고 있는 서린에게 포권을 하며 진심 어린 표정을 지었다.

“멀리 이곳까지 그 사실을 일부러 알려주러 오다니 정말

고맙소.”

서린은 손을 휘이휘이 저었다.

“우린 사형제간이에요. 용비 오빠는 제 사형인데 저를 어렵게 생각하지 마세요.”

그녀의 말이 맞다. 사부 완사, 아니, 도연훈과 옥소선은 부부이니까 두 사람의 제자는 사형제간이다.

그런데 서린이 곧 울먹거렸다.

“저는 이제 갈 곳도 없는 신세라서 용비 오빠, 아니, 사형에게 일신을 의탁해야 하는 처지에요.”

용비는 그녀가 사백이 당한 일을 여기까지 알리러 온 것이 사부를 배신한 것이 돼버렸기 때문에 이제는 옥소선에게 돌아갈 수가 없다는 뜻으로 알아들었다.

“사매. 아무 걱정하지 말고 여기에서 머물도록 해라.”

“사형. 제 이름은 서린이에요. 린이라고 부르세요.”

“알았다. 린아.”

그런데 갑자기 서린의 눈에 눈물이 가득 고였다.

“그것 말고 그 후에 다른 큰일이 또 벌어졌어요.”

용비는 서린의 입에서 또 어떤 충격적인 내용이 쏟아져 나올지 적잖이 긴장했다.

“그런 일이 있고 나서 열흘쯤 후에 두 분의 아들이 도운거에 찾아왔어요. 사부님께서 부르셨다고 하더군요.”

“아들이라고?”

“네. 사부님 말씀에 의하면 오십대 중반일 거예요.”

용비는 한 대 맞은 것 같았다. 사부에게 아들이 있었다는 얘기는 금시초문이고 전혀 예상하지 않았던 일이다.

하지만 이제 생각해 보니까 도연훈과 옥소선이 서로 사랑하는 사이였다면 슬하에 자식이 없다는 것이 오히려 더 이상한 일이다.

“그런데 그 아들이라는 자가 사부님을 제압하고는 사백님까지 데리고 어디론가 사라졌어요. 그 과정에서 송 아주머니도 죽었어요. 흑… 저는 마침 숲에서 열매를 따고 돌아왔다가 그 광경을 발견하고 무서워서 숨어 있었어요…….”

용비는 머릿속이 마구 헝클어졌다. 옥소선이 아들을 불렀는데 그가 무엇 때문에 그녀를 제압했다는 말인가.

그렇다면 그들 가족 사이에 원래부터 무슨 일이 있었던 것이 아닐까.

그래서 사부가 부인이 있는 집을 떠나서 이십여 년이나 떠돌아다니거나 천추문 숙객당에서 신분을 감춘 채 머무르고 있었던 것 같았다.

그러나 무슨 사연이 있는지 정확하게 모른다면 구구한 억측일 뿐이다.

“린아. 자세히 설명해 봐라.”

　용비는 난생 처음 사매를 갖게 되었으나 지금은 사형제간의 정이나 나눌 때가 아니다.

　"저도 자세한 것은 몰라요. 사부님께선 사백님에 대해서는 하루에도 몇 번씩이나 자주 말씀하셨지만 아들에 대해서는 거의 말씀이 없으셨어요."

　서린은 자신이 알고 있는 자세하지 않은 내용을 울면서 두서없이 늘어놓았다.

　그녀의 말에 의하면 사부, 그러니까 옥소선은 이십여 년 전에 남편 도연훈이 심혈을 기울여서 집필한 무공서를 몰래 훔쳐서 아들에게 주었다고 한다.

　그 일 때문에 도연훈은 크게 진노하여 집을 나갔고 그로써 부부는 이십여 년이나 헤어져 있었다.

　이후 옥소선은 남편과 아들을 한없이 그리워하면서 눈물로 세월을 보냈다.

　이십여 년 동안 남편이나 아들은 한 번도 그녀를 찾아오지 않았다는 것이다.

　그리고 이십여 년 만에 집으로 돌아온 도연훈은 옥소선의 암계에 걸려서 무공이 폐지되었으며, 옥소선은 이번 기회에 아들도 보고 싶어서 아버지가 돌아왔다는 사실을 알렸다고 한다.

　그런데 며칠 후에 집에 온 아들이 느닷없이 옥소선을 제압하고 나서는 폐인이 돼버린 도연훈까지 데리고 어디론가 홀연히 사라졌다는 것이다.

"사부님 아들의 이름이 뭐지?"

"몰라요."

용비의 물음에 서린은 눈물을 닦으면서 고개를 흔들었다.

도연훈의 아들이 누군지 모르는 것이 아쉽기는 했으나 용비는 서린의 설명을 듣고 나서 어느 정도 사건의 윤곽을 잡을 수 있었다.

이십여 년 전에 도연훈은 자신의 심득, 즉 만절사신공을 책자로 집필한 것이 분명했다.

아들은 원래부터 부친의 절학을 탐냈었는데 그 사실을 잘 알고 있는 옥소선이 만절사신공이 기록된 책자, 즉 만절사신록을 훔쳐서 아들에게 주었다.

그리고 그 일로 인해서 부부는 이십여 년이나 헤어져 있어야만 했다.

그렇지만 용비는 만절사신공이 사부 도연훈의 모든 것이 아니라는 사실을 잘 알고 있다.

단지 글로써 남긴 만절사신공은 만절사신도 안의 네 영물이 직접 가르치는 이른바 만절사신절학하고는 차이가 있을 것이다.

물론 만절사신절학이 만절사신공보다 우위일 것이다. 그

래서 아들은 부친에게서 만절사신도를 강탈하려고 그를 끌고
간 것이 분명하다.

"용랑. 혹시……."

골똘히 생각하고 있던 한정이 뭔가 짚이는 것이 있는지 조
심스러운 표정을 지었다.

"허실의 본명이 도영매잖아요?"

"아……."

그 한마디에 용비는 번뜩 생각나는 것이 있어서 비수로 심
장을 깊숙이 찔린 듯한 충격을 받았다.

도영매는 절대십천 태천주의 친딸이다. 그리고 그녀의 부
친 태천주의 이름은 도담천, 즉 성이 도 씨다.

만절기황 도연훈과 같은 성인 것이다. 우연이라고 하기에
는 너무 제대로 맞아떨어진다.

도연훈의 만절사신공을 터득한 아들이라면 능히 천하제일
인이 되고도 남았을 것이다.

그러므로 태천주가 절대십천을 세우고 천하무림을 지배하
는 것은 어려운 일이 아니었다.

"으음……. 태천주가 사부님의 아들이었군."

"용비 사형. 태천주가 누군가요?"

서린은 그냥 '사형'이라고 불러도 되는데 굳이 '용비'라는
이름을 붙였다.

외톨이인 줄만 알았는데 자신에게 사형이 있다는 사실이 너무 신기하고 좋아서 그러는 것이다.

용비는 새로운 깊은 고민이 생겼는데도 서린의 물음을 그냥 넘기지 않고 부드럽게 머리를 쓰다듬었다.

"린아. 태천주라는 자에 대해서는 한두 마디로 설명하기가 어렵단다."

"용랑. 제가 아가씨에게 설명해 드릴게요."

옥연은 용비에게 나이 어리고 예쁜 사매가 생겨서 신이 난 듯 탱탱한 궁둥이를 들썩이더니 서린을 자기 쪽으로 끌었다. 이어서 절대십천과 태천주에 대해서 종알종알 설명하기 시작했다.

용비는 서린의 말을 듣고 나서 자신과 태천주 도담천과의 일대일 싸움으로 완전히 마음을 굳혔다.

도담천은 이십여 년 전에 만절사신록을 손에 넣어 지금까지 익혔기 때문에 용비하고는 비교할 수 없을 정도로 고강할 것이 분명하다.

어떤 무공을 배웠느냐는 것도 중요하지만, 얼마나 오랜 세월 동안 그것을 익혀왔는지가 더 중요하다.

삼류권각술의 하나인 육합권법(六合拳法)을 십 년 동안 익힌 사람과 소림의 절기인 백보신권을 일 년 동안 익힌 사람의 싸움은 당연히 육합권법을 익힌 사람의 승리인 것과 같은 이치다.

전자는 쉬운 육합권법을 다 이해하고 그것을 십여 년 동안 줄기차게 연마했으나, 후자는 오묘하고 난해한 초식의 백보신권을 불과 일 년 만에 이해하는 것조차 어려웠을 테니 권법 연마인들 제대로 했겠는가.

용비는 열네 살 때 도연훈의 제자였으나 실제 만절사신공을 익힌 기간은 일 년 반 남짓에 불과하다.

그의 천재적인 자질이 있었기에 오늘날의 성과를 거둘 수 있었던 것이다.

그러므로 그가 태천주를 이기기 위해서는 어떤 특단의 조치가 필요하다.

'오의(奧義).'

그는 만절사신공의 깊은 오의를 깨우치고 그것을 익혀야지만 태천주를 이길 수 있을 것이라고 판단했다.

전부터 느끼고 있었던 것이지만, 그는 만절사신공의 끝은 여기가 아니라고 거의 확신하고 있었다.

그것이 무엇인지는 모르지만 아직 뭔가 더 남아 있는 것이 분명하다는 느낌을 늘 지니고 있었다.

태천주는 그것을 모르고 있는 것이 분명하다. 알고 있다면 자신의 부친 도연훈을 납치했을 리가 없다. 모르니까 알아내기 위해서 납치한 것이다.

때늦은 효도를 하려고 부모를 납치했겠는가. 그런 위인이었다면 애당초 이십여 년 전에 부친의 만절사신록을 훔쳐서 달아나지도 않았을 것이다.

필경 태천주는 수단방법을 가리지 않고 도연훈에게서 만절사신절학이나 그보다 더 높은 경지의 무엇인가를 알아내려고 할 것이다. 그것이 바로 만절사신공의 '오의' 다.

그렇지만 용비가 알고 있는 도연훈이라면 죽으면 죽었지 절대로 태천주에게 굴복하지 않을 것이다.

그렇다고 해도 태천주가 어떤 인물인가. 그런 도연훈을 누구보다 잘 알기 때문에 기상천외한, 그리고 잔인무도한 별별 방법을 다 동원해서라도 원하는 것을 얻어내려고 할 것이 분명하다.

태천주는 도연훈 부부를 절대십천으로 데려갔을 가능성이 가장 크다.

이제는 태천주를 죽여야 하는 이유가 하나 더 늘었다. 천하를 위해서, 사랑하는 허실을 다시 만나기 위해서, 그리고 도연훈을 구하기 위해서 무슨 일이 있어도 태천주를 죽여야만 한다.

＊　　＊　　＊

용비는 한정과 옥연, 서린과 함께 여의신벌로 왔다가 이틀 만에 혼자서 여의신벌 뒤쪽에 거대하게 솟아 있는 천태산으로 올라갔다.

사람들에게 둘러싸여서 치이고 부대끼다 보니까 생각이 정리되지 않고 복잡하기만 했다.

그래서는 만절사신절학의 깊은 오의를 깨우치지 못하고 답보상태일 것이라는 조바심이 생겨서 앞뒤 생각 없이 무작정 산으로 올라간 것이다.

천태산에는 한 번도 와본 적이 없었다. 그러니까 모든 장소가 다 처음 가보는 낯선 곳이었다.

거기에서 그는 완전히 초심으로 돌아갔다. 또한 열네 살 어린 소년 시절로 돌아가려고 노력했다.

그 당시의 용비는 너무도 순수했었다. 그리고 학문과 의술을 배우는 것. 어머니와 사부에게 효도를 다 하는 것만 머릿속에 가득 차 있었다.

그의 머릿속에는 절대십천이니 여의신벌 같은 것도 없었으며, 만능서생이 아니라 그저 천추문의 외겸인으로 으스스한 기운을 흩뿌리는 소년 명귀였었다.

그런 명경지수처럼 깨끗한 마음과 정신으로 돌아가서 만절사신공의 오의를 깨우치려는 것이다. 아니, 오의를 깨우치려고 하는 자체마저도 망각하려고 애썼다. 그런 것은 깨우치지 못해도 좋다는 마음가짐을 품었다. 그저 무의 상태로 돌아가려고만 했다.

그뿐 아니라 무공도 일체 사용하지 않았다. 산나물과 열매, 약초를 따거나 캐먹고 칡넝쿨 따위로 올가미를 놓든가 돌팔매질을 해서 산토끼와 꿩 따위를 잡아 불을 피워서 구워먹었다.

밤에는 언덕 위에 모닥불을 피우고 앉거나 누워서 밤하늘의 무수한 별들을 올려다보았다.

밤하늘에는 그야말로 진숙열장(辰宿列張), 별자리가 하늘에 융단처럼 넓디넓게 펼쳐져 있었다.

그것들은 무질서하게 누군가 흩뿌려놓은 것 같지만 실상은 그것들 하나하나가 다 제 위치에 있는 것이다.

그것들이 위치를 벗어나면 천지간의 균형이 무너지고 만다. 계절이 뒤죽박죽이 될 것이고, 여름은 추워질지도 모르고 강물이 거꾸로 흐를 수도 있을 터이다.

그럼 삼라만상이 뒤틀어져 버린다. 즉, 만물의 종말에 이를 것이다.

일월영측(日月盈昃). 해는 서쪽으로 기울고 달도 차면 기울어지는 이치라든가.

우주홍황(宇宙洪荒). 하늘과 땅 사이가 넓고 커서 끝이 없다는 사실을 새삼스럽게 느꼈다.

천태산에서 무공도 사용하지 않고 오로지 생존을 위해서 먹고 자며 그 외에는 사색에 잠기는 등 완전히 야인이 되어 생활하는 동안 그는 차츰 세속에서 짊어지고 온 것들을 하나씩 내려놓으며 또 잊었다.

그리고는 끝내 만절사신공의 오의를 깨우쳐야 한다는 사명감조차도 망각해 버렸다.

＊　　　＊　　　＊

용비가 천태산에 들어온 지 석 달이 흘렀다.

그는 야인이 되었으며 완전히 자연에 동화하여 그 일부가 되었다.

그처럼 자신의 정신과 마음을 조절할 수 있는 사람은 드물 것이다.

그는 지난 두 달여 동안 한 곳에 머무르지 않았다. 처음에 그가 여의신벌 뒤쪽으로 올라간 곳은 세로로 길게 누워 있는 천태산의 북쪽 끝이었다.

그런데 지금 그는 천태산의 남쪽 끝자락에 있는 대분산(大盆山)을 지나 동남쪽의 영안계(永安溪)라는 강을 건너서 괄창산(括蒼山)으로 들어와 있다.

괄창산은 동해 해안을 따라서 남북으로 길게 오백여 리에
걸쳐서 누워 있는 거산이다.

같은 절강성에 서로 이어져 있는 산인데도 천태산과 괄창
산은 사뭇 다르다.

천태산은 대부분 바위와 암벽으로 이루어진데 반해서 괄
창산은 높은 봉우리와 깊은 협곡, 그리고 울창한 숲으로 이루
어져 있었다.

괄창산 동쪽 기슭의 작은 마을에 사는 부부약초꾼이 괄창
산 깊은 곳까지 들어와 있었다.

깊은 가을에는 만물이 결실을 맺는 계절이라서 약초 또한
이 계절에 가장 튼실하고 실한 것을 얻을 수 있기에, 이들 부
부 약초꾼은 약초를 캐다가 자신들도 모르게 자꾸만 깊은 곳
으로 들어와 이곳에 이르렀다.

"여보. 여기가 어디에요?"

"모르겠군. 길을 잃은 것 같아."

깊은 산에서의 어둠은 빨리 찾아든다. 부부는 어두컴컴해
지기 시작해서야 묵직해진 약초망태기를 등에 메고는 주위를
두리번거렸다.

"어떻게 해요……."

완전히 길을 잃었다고 생각한 아낙의 얼굴에 두려움이 드

리워졌다.

괄창산은 워낙 깊고 숲이 울창해서 짐승 특히 맹수가 많기로 유명하다.

여북하면 산기슭의 민가에까지 맹수들이 내려와서 가축이나 심하면 사람까지 해치는 일이 다반사다. 그러므로 괄창산에서 밤을 지내는 것은 거의 목숨을 잃는 것이나 다름이 없다고 봐야 한다.

"저쪽인 것 같은데……."

남편이 앞장서고 아낙이 뒤따르며 서둘러서 한쪽 방향으로 향했다.

그러나 오래지 않아서 부부는 더욱 난감한 얼굴로 발길을 멈춰야만 했다.

집으로 돌아가는 길을 찾는다는 것이 더 깊은 곳으로 들어와 버린 것이다.

주위는 완전히 어두워졌으며 여기저기에서 늑대나 맹수의 울음소리가 들려오기 시작했다.

"아아……. 무서워요, 여보……."

"이, 이거 어떻게 하지?"

아낙이 믿을 사람은 남편뿐이지만 그라고 무슨 방법이 있는 것이 아니다.

　부부는 일단 숲속의 아담한 공터를 발견하여 그곳 복판에 모닥불을 피웠다.

　짐승들이 불을 무서워한다는 소리를 어디선가 들은 기억이 있기 때문이다.

　그러나 그게 헛소리라는 사실을 부부는 위험이 목전에 이르러서야 직접 몸으로 체험하고 있는 중이다.

　모닥불은 오히려 멀리 있는 맹수들을 불러들인 꼴이 되고 말았다.

　제일 먼저 몰려든 것은 이리떼, 즉 늑대들이었다. 족히 열 마리 이상은 됨직한 무리가 모닥불에서 이삼 장 떨어진 가까운 곳에서 그르렁거리면서 맴돌며 부부에게 덮칠 시기를 가늠하는 듯했다.

　공포에 질린 부부는 모닥불 옆에 서로 부둥켜안은 채 바들바들 떨 뿐 어떻게 해야 할지 몰랐다. 남편은 나뭇가지 하나를 움켜쥐었으나 그것으로 굶주린 늑대들을 물리칠 수 있을 것이라고는 생각하지 않았다.

　그러나 잠시 후에 늑대들이 물러갔다. 먹잇감을 두고 물러났을 때에는 그럴만한 이유가 있었다. 두 마리 거대한 호랑이가 나타났기 때문이다. 늑대들은 호랑이 뒤편에서 어슬렁거리며 기회를 엿보고 있었다.

　크르르…….

“아아······.”

호랑이의 이글거리는 불타는 눈을 본 아낙은 공포에 질려서 혼절해 버렸다.

남편은 눈을 부릅뜨고 그녀를 안은 채 사시나무 떨 듯이 온몸을 바들바들 떨어댔다.

그런데 부부를 덮치려고 하던 한 쌍의 호랑이가 동작을 멈추고는 갑자기 바닥에 납작하게 엎드렸다.

그것은 마치 말 잘 듣는 개가 주인을 대하는 듯한 모습을 연상시켰다.

그리고 잠시 후에 조용한 발걸음 소리가 들리더니 한 명의 청년이 모닥불 쪽으로 걸어왔다.

머리와 수염을 덥수룩하게 길렀으며 너덜너덜 다 찢어진 옷에 맨발인 청년은 산사람이 다 된 용비였다.

그는 자기보다 두 배 이상 거대한 호랑이의 머리를 귀엽다는 듯이 쓰다듬었고, 호랑이들은 혀로 그의 손을 핥고 꼬리를 흔들었다.

약초꾼 사내는 갑자기 나타난 이상한 모습의 용비가 두 마리 호랑이를 강아지처럼 다루는 것을 보고 눈을 휘둥그렇게 뜨고 쳐다보았다.

하지만 사내는 다음 순간 더욱 놀라서 얼굴이 사색으로 변하고 말았다.

흔들리는 모닥불의 붉은 불빛에 비춰진 용비 뒤쪽에 한 마리 거대한 백호가 어슬렁거리면서 따라오고 있는 광경을 발견한 것이다.

"으아……."

사내는 기겁을 해서 아낙을 놓고 풀썩 주저앉았는데 그 순간 불빛이 일렁거리자 백호 모습이 씻은 듯이 사라졌다.

정신을 차리고 눈을 껌뻑이면서 다시 쳐다보는데 모닥불 불빛이 일렁거릴 때마다 용비 뒤에 백호의 모습이 보였다 사라졌다 반복했다.

백호는 만절사신도 호신도 속의 대신이다. 사람 눈에는 보이지 않지만 한 쌍의 호랑이는 대신을 보고는 복종을 나타내면서 그 자리에 엎드린 것이다.

아니, 대신을 부리고 있는 용비를 마치 자신들의 주인처럼 여겼다.

원래는 보이지 않는 대신이지만 모닥불 불빛이 일렁거리면서 대신의 모습이 잠깐씩 나타나는 것을 사내가 발견했던 것이다.

"길을 잃었소?"

용비가 앞에 서서 굽어보며 덥수룩한 수염 속으로 미소를 지으면서 묻자 사내는 퉁기듯 일어났다가 무릎을 꿇고는 큰 절을 올렸다.

“아… 아이구……. 신선님…….”

집채만 한 호랑이를 개처럼 부리는 용비를 신선이라 여긴
것이다.

괄창산 동쪽 기슭 상산촌(常山村)이 발칵 뒤집어졌다.

약초꾼 부부가 집채만 한 커다란 호랑이를 타고 마을로 달
려 들어왔기 때문이다.

한 쌍의 호랑이는 부부를 등에 태우고 삼십여 리 길을 달려
와서 그들을 마을에 내려놓고는 꺼흥! 하고 한 번 울부짖더니
다시 산속으로 바람처럼 사라졌다.

약초꾼 부부는 호랑이가 사라진 방향을 향해 무릎을 꿇고
절을 올렸다.

그쪽 방향에 자신들을 구해준 사람 형상을 하고 있는 신선
이 있기 때문이다.

용비는 천태산에 입산한 지 석 달 만에 만절사신절학의 깊
은 오의를 비로소 깨달았다.

그것을 깨달으려고 노력했기 때문이 아니라 오히려 망각
했더니 깨달아진 것이다.

오의는 멀리 있지 않았으며 하늘과 땅. 삼라만상에 항상 존
재하고 있었다.

용비는 속세에서 수많은 사람들 틈바구니에 끼어서, 그리고 수많은 문제와 일거리에 치여서 언제 한 번 제대로 마음 편하게 하늘과 땅, 삼라만상을 접한 적이 없었다.

그러나 이곳에서는 속세의 모든 것을 버리고 완전히 자연과 하나로 동화되어 그 속에서 석 달을 지냈다.

그러던 중에 해답은 전혀 뜻하지 않게 찾아왔었다. 그는 밤하늘을 보면서 불현듯 자신도 저 수많은 별 중에 하나와 연결되어 있을지도 모른다는 생각이 들었다.

그때 문득 만절사신의 사신, 즉 청룡과 백호, 주작, 현무가 밤하늘의 별과 연관이 있다는 고서의 내용이 생각났다.

밤하늘 전체의 별은 삼원(三垣)과 이십팔수(二十八宿)로 구성되어 있다.

셀 수도 없이 무수한 별들이 모두 삼원. 이십팔 수에 묶여 있는 것이다.

다시 말해서 사신은 동서남북 각 방위를 나타내며, 하나의 신은 이십팔수 중에 칠수(七宿)씩을 지배한다.

청룡은 동(東) 쪽 하늘의 각, 항, 저, 방, 심, 미, 기의 칠수를, 백호는 서쪽 하늘의 규, 루, 위, 묘, 필, 자, 삼의 칠수를 거느리며, 주작은 남쪽, 현무는 북쪽의 각각 칠수의 별들을 지배하는 것이다.

또한 사신은 음양오행의 사상(四象) 하고도 상통한다. 그래서 사신은 일월성신(日月星辰)이고 또한 수(水), 화(火), 토(土), 금(金)이기도 하다.

그런 사실들을 깨달은 용비는 그때부터 밤만 되면 누워서 밤하늘을 올려다보며 사신 각각의 칠수의 범위가 어디부터 어디까지인지 헤아렸다.

정확한 위치를 알아야지만 각각의 별들이 삼라만상에 미치는 영향력을 알 수 있다.

뿐만 아니라 만절사신도 속의 사신이 아닌, 삼라만상에 있는 사신과 연결할 수가 있는 것이다.

그는 자신이 얼마나 오랫동안 그런 식으로 별을 헤고 있었는지 모를 정도로 깊이 빠졌다.

그렇게 정확히 보름 동안 먹지도 마시지도 움직이지도 않은 채 그러고 있었다.

언제인가부터는 밤에만 보이는 별이 그에게는 환한 대낮에도 너무나 또렷하게 보였다.

그리고 그는 마침내 사신의 오의를 완전히 깨달은 자신을 발견했다. 깨달았는지도 모르는 사이에 시나브로 깨달아진 것이다.

사신은 우주 삼라만상을 지배하는 것이 아니라 대행자(代行者)이면서 매개체(媒介體)였다.

그러므로 사신을 통하면 하늘에 떠 있는 삼원 이십팔수의 수억 개의 별이 삼라만상에 끼치는 전능한 능력을 무한정 사용할 수 있는 것이다.

용비는 사부 도연훈이 어느 경지까지 도달했는지 모르지만 자신이 산속에서 깨달은 경지까지는 이르지 못했을 것이라고 짐작했다.

만약 사부가 알았었다면 그 길을 용비에게 인도했거나 방법을 가르쳐 주었을 것이기 때문이다.

하지만 사부는 자신의 최고 심득인 만절사신도를 남겼다. 그것은 그가 거기까지 깨우쳤다는 뜻이다.

그때부터 용비는 계속 천태산에 머물며 사신을 통해서 삼라만상의 능력을 발휘하고 행사하는 시험을 줄곧 계속했다.

第九十四章 죽을 것 같은 그리움

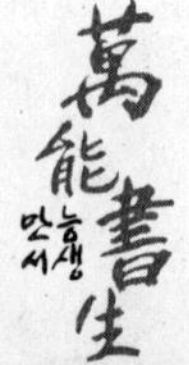

　　외관의 여의신벌 입구를 지키는 호문무사들은 작년 여름
에 불쑥 찾아왔던 남루한 모습의 괴인이 또다시 찾아온 것을
보고 혼비백산했다.

　　하지만 호문무사들은 그때처럼 괴인을 문전박대하지 않고
최고의 예를 갖추어 안으로 안내했다.

　　그가 여의신벌 신군주인 용비라는 사실을 한 번의 경험을
통해서 알기 때문이다.

　　용비는 드넓은 연무장을 가로질러 걸어가면서 자신이 달
라졌음을 실감했다.

속세에 내려와 있는데도 그는 자신이 우주 삼라만상의 일부라는 것을 생생하게 느끼고 있었다.

연무장 건너편에서 한정과 옥연, 서린, 그리고 부모님 미령과 정운학, 정소희 등이 앞 다투어 우르르 달려오고 있는 광경이 보였다.

덥수룩한 긴 머리카락과 수염, 찢어진 남루한 옷에 맨발의 형편없는 모습을 하고 있는 용비였다.

하지만 달려오고 있는 한정 등의 눈에는 그의 온몸에서 은은한 서기가 어리는 천하제일의 기남자로 보였다.

"여보—!"

"용랑—!"

"비야—!"

그들은 제각기 용비를 목청껏 부르면서 달려와 누가 먼저랄 것도 없이 그를 얼싸안고 울음을 터뜨렸다.

*　　*　　*

항주성 밖 남쪽의 신무장에는 더 많은 통나무집들이 지어져 있었다.

제이기로 선발된 만 오천 명의 절강무사까지 합세하여 도합 삼만여 명이 구슬땀을 흘리면서 무술연마를 하고 있기 때문이다.

그들의 사기는 그 어느 때보다 충만했다. 자신들이 절강성을 지키고 더 나아가 절대십천을 응징한다는 사명감에 불타고 있는 탓이다.

또한 절대십천과의 일이 끝나면 삼만여 명의 절강무사가 원래 소속된 자파로 돌아가 그곳에서 그동안 배운 무술을 뽐내면서 최고의 지위를 누리고 또 자파를 부흥시킬 것이라는 희망에 부풀어 있었다.

이곳 신무장에서 소요되는 하나에서 열까지 모든 경비는 여의상운에서 대고 있다.

삼만여 명을 입히고 먹이며 훈련시키는 데 드는 경비는 매월 은자 오백만 냥 이상이지만 여의상운은 끄떡없다. 여의상운 휘하에 화봉각이 있는 덕분이다. 화봉각은 이들을 수십 년 동안 먹여 살려도 바닥이 드러나지 않는 재물을 지니고 있는 것이다.

반년 전에 들어온 제일기 만 오천 명의 무술 실력은 그 당시하고 비교하면 하늘과 땅 차이로 증진되었다.

그 당시에는 이, 삼류 수준의 무사였으나 지금은 모두 일류 고수라고 불러야 할 실력이 되었다.

더구나 절강무사들의 무서운 진짜 실력은 대규모 전술에 능하다는 것이다.

실력을 웬만큼 쌓은 후에 절강무사들은 집단으로 적을 공격하거나 포위망을 뚫는 여러 종류의 싸움 기술을 배웠다.

크게는 삼만 명이나 만 오천 명 전원이, 그리고 오천 명, 천명, 백 명 혹은 수십 명이나 열 명 단위로 싸우는 기술은 그들을 몇 배나 더 강력하게 만들었다.

지휘자의 구령 한 마디에 그들은 일사불란하게 진(陣)을 형성하는데 그런 진 형식의 전술이 수십 종류에 이른다.

예를 들어 절대십천의 고수 백 명과 마주쳤을 때 절강무사 백 명으로는 아직 상대가 되지 않는다.

그렇다고 오백 명으로 마구잡이 공격하면 그 역시 승리를 장담하기 어렵다.

절강무사들 실력이 아직은 절대십천의 최하위 고수들과 싸울 때 일 대 삼 정도 수준이기 때문이다.

그것이 바로 진의 위력이고 절강무사들이 주력하고 있는 전술인 것이다.

그리고 오늘 절강무사 제삼기가 신무장에 합류할 것이며, 그들을 맞이할 만반의 준비는 이미 갖추어져 있다.

그렇게 되면 절강무사는 총 사만 육천 명이 된다. 천하무림에 하나의 조직으로 이만한 수의 고수와 무사를 거느린 방, 문파는 결단코 한 군데도 없다.

절대십천이라고 해도 수적으로는 사만 오천 명의 절강무사보다는 약세다.

누가 그렇게 하자고 정한 것도 아닌데 절강무사들은 스스로를 절강무련(浙江武聯)이라고 불렀다. 말 그대로 절강무사들의 연합이라는 뜻이다.

시간이 넉넉하게 주어진다면 일 년쯤 후에는 절대십천도 절강무련을 정면대결로는 당해낼 수 없을 터이다. 하지만 문제는 시간이 그리 넉넉하지 않다는 것이다.

절대십천이 반년 전 항주 소십천과 풍운방의 괴멸을 아직까지도 응징하지 않고 침묵으로 일관하고 있다는 사실이 의아할 정도다.

그러나 모두들 느끼고 있다. 절대십천의 침묵이 그리 길지는 않을 것이라는 사실을.

＊　　　＊　　　＊

좌중의 분위기는 한껏 들떠 있었다.

그동안 일어났었던 일들과 지금도 일어나고 있는 몇 가지 사건들 때문이다.

그중 가장 큰 것이 천하무림의 방, 문파들이 절대십천을 등지고 있다는 놀라운 사실이다.

그 원인이야 두말할 것도 없이 신생세력 여의신벌의 등장과 눈부신 활약 때문이다.

여의신벌이 항주의 소십천을 물리치고 절강무림을 장악했다는 소문이 일파만파 퍼져서 천하무림의 방, 문파들을 고무시킨 덕분이다.

애초에 절대십천은 무림맹으로 발족하여 천하무림을 평정한 후에도 계속 남아 무림을 지킨다는 명분하에 이루 헤아릴 수 없는 악행을 저질러 왔었다.

그것이 썩고 고름이 흐르다가 마침내 터진 것이다. 상처가 터지면 죽거나 폐인이 되는 길뿐이다. 그것은 범람한 강둑이나 저수지의 둑이 터지는 것과 같다. 그대로 있으면 모두 물에 잠기고 말 것이다.

썩어 문드러진 상처를 터뜨리고 강둑을 무너뜨린 것이 여의신벌이다.

절대십천하고 별다른 관계가 없던 방, 문파들은 여의신벌의 항주 소십천 괴멸이라는 소식을 접하는 즉시 절대십천에 등을 돌렸다.

그것에 용기를 얻은 것은 절대십천하고 어느 정도 관계가 있던 방, 문파들이다.

하지만 언제까지 그들에게 끌려다니면서 만신창이가 될 수 없다고 판단한 그들은 과감하게 절대십천을 버렸다.

그들에게 그런 용기를 준 것은 물론 여의신벌의 눈부신 쾌거였다.

그리고 그들에 앞서 절대십천에 등을 돌린 많은 방, 문파들 덕분이었다.

지난 반년여에 걸쳐서 천하무림의 거의 대다수 방, 문파들이 절대십천과 단절했다.

현재 절대십천과의 끈을 끊지 못하고 있는 방, 문파들은 그들의 분타 노릇을 하거나 밀접한 관계가 있는 곳들로 다 합쳐도 백여 곳이 되지 못하는 실정이다.

그러나 그들은 똥줄이 타고 있다. 그대로 있다가 만약 절대십천이 괴멸하면 자신들도 덤터기로 싸잡아서 함께 망할 것이기 때문이다.

더구나 세상에 독불장군이란 없는 법이다. 그들 방, 문파 주위의 수많은 세력들이 절대십천과 등졌기 때문에 그들은 절해고도에 외롭게 떠 있는 무인도 같은 신세가 돼버려서 극도의 위기감과 불안감에 빠져 있다.

그러므로 그들이 절대십천에서 떨어져 나오는 것은 시간 문제라고 할 수 있다.

그것이 지난 반년여 동안 벌어졌던 여러 사건 중에서 가장 큰 일이었다.

두 번째로 큰 사건은 개방을 위시한 무림의 구대문파가 여의신벌을 돕겠다고 나섰다는 사실이다.

실제로 구파일방의 장문인이나 방주. 또는 그곳에서 보낸 특사 자격의 장로들이 모두 항주 천추문에서 기거하며 용비를 만나기를 학수고대하고 있었다.

천하무림의 수만 개 방, 문파들이 절대십천을 등졌으나 그들을 적으로 간주하고 싸우겠다면서 나선 것은 구파일방이 처음이다.

그러는 데에는 개방의 힘이 컸다. 아니, 제대로 설명하자면 여의신벌의 장로 역할을 하고 있는 개방장로 철장신개의 노력이 지대했었다.

철장신개는 개방의 정보망을 빌어서 여의신벌의 눈과 귀 역할을 톡톡히 해왔었다.

그리고 한 걸음 더 나아가 개방방주 대력신개(大力神丐)와 다른 장로들을 설득하는 데 성공했다.

긴 세월 동안 무림에서 협의를 실천해 온 개방은 그때부터 발 벗고 나서 구대문파를 설득했다.

그것이 결실을 맺어 구파일방이 동시에 절대십천하고의 결별을 선언한 것이 기폭제가 되어 눈치만 보고 있던 천하무림의 방, 문파들이 앞 다투어 절대십천에서 이탈하고 또 반목

하는 대사건이 벌어진 것이다.

세 번째 사건은 절대십천의 봉문(封門)이다.

그것은 그 누구도 예상하지 못했던 일이다. 그런 일은 천하무림의 수많은 방, 문파들이 절대십천에서 탈퇴하거나 등을 돌린 직후에 벌어졌다.

그래서 사람들은 천하무림으로부터 버림을 받은 절대십천이 잔뜩 몸을 사리는 것이라고 생각했다.

이후 개방의 정보망에도 절대십천의 움직임은 전혀 포착되지 않았다.

마치 거대한 곰이 겨울 동면에 들어간 것처럼 절대십천은 태산 산자락에서 문을 굳게 잠근 채 꼼짝도 하지 않았다.

네 번째 사건은 천하무림의 방, 문파와 협의심 넘치는 고수들이 대거 항주로 구름처럼 운집하고 있다는 것이다.

그들은 여의신벌에 가입하거나 힘을 보태서 절대십천과 싸우기를 희망했다.

그로 인해서 현재 항주는 포화상태에 이르렀다. 원래 항주의 인구는 오십만 명 정도였는데 몰려드는 고수들 때문에 지금은 백만 명으로 불었다.

항주가 생긴 이래 이런 일은 처음이다. 마치 대명제국의 황도(皇都)가 북경이 아닌 항주인 것처럼, 천하의 모든 길은 항주로 통하고 있었다.

　천추문주 한성림의 거처, 넓은 대전에는 많은 사람들이 모여 있었다.

　대전의 단상 위에는 아무도 없다. 원래 여의신벌의 최고 우두머리인 신군주 용비가 앉아야 하지만 그는 단하의 자기 탁자 앞에 모두 함께 격의 없이 둘러앉아 있었다.

　현재 항주에는 천하의 내로라하는 방, 문파들의 수장이 최소 이백여 명 이상 머물고 있다. 다른 수장들까지 치면 최소 천여 명은 몰려와 있을 것이다.

　그들의 목적은 한결같이 용비를 직접 만나서 자신들의 뜻을 전하는 것이다.

　그러나 오늘 이 자리에는 여의신벌을 비롯하여 구파일방과 나부파의 인물들만 모여 있다.

　나부파는 구파일방의 반열에 들지 못하지만 오늘 이 자리에서만큼은 그들보다 더욱 빛나 보였다.

　오래 전부터 나부파는 용비의 영웅됨을 알아보고 물심양면 그를 지지해 왔던 터였는데 오늘에서야 그 첫 번째 결실을 보게 된 것이다.

　그래서 용비의 탁자 왼쪽에는 나부파의 장문인 무유자와

장로 청허자가, 오른쪽에는 개방방주 대력신개와 철장신개가 늘연하게 앉아 있다.

말하자면 나부파와 개방이 여의신벌, 아니, 만능서생 용비의 좌우익(左右翼), 즉 양쪽 날개라는 의미다.

그리고 다른 구대문파의 장문인과 장로들이 앉은 각각의 탁자들이 둥글고 큰 원을 형성한 채 서로 마주보는 자세로 놓여 있다.

방금 전에 철장신개는 지난 반년여 동안 천하무림에서 있었던 네 가지 사건에 대해서 간략하게 설명을 끝냈다.

구대문파 사람들은 다른 것들은 알고 있었으나 절대십천이 봉문을 했다는 사실과 현재 항주에 들어와 있는 무림고수의 수가 오십여만 명에 육박하고 있다는 사실까지는 모르고 있었다.

그래서 나부파를 비롯한 구파일방 사람들은 이제 용비가 최후의 결단을 내려주기를 원했다.

그들 모두는 예전에 한때는 절대십천을 도와서 천하무림을 평정했으나 이제는 용비의 여의신벌을 도와서 절대십천을 괴멸시키려 하고 있다.

좌중의 모든 사람은 용비를 주시하고 또 살펴보느라 여념이 없는 모습이다.

용비는 예전의 떠꺼머리 소년의 모습이 아니다. 또한 늘 시커먼 흑의만을 고집했었는데 지금은 한정과 옥연이 정성들여서 만든 흰 백의유삼을 입고 있다.

또한 머리에는 상투를 틀었으며 은은한 미소를 짓고 있는 모습이 매우 싱그럽게 보였다.

그에게서는 무림고수들이라면 의당 흘러나와야 할 어떤 기도 같은 것도 뿜어지지 않았다.

그렇다고 세속을 초탈한 고결함이나 신선의 은은한 후광 같은 것도 없었다.

그저 그는 평범한 백면서생의 모습으로 단정하게 앉아 있을 뿐이었다.

그래서 구대문파의 장문인들은 용비를 보고는 적잖이 실망한 표정들이다.

하지만 그에 대해서 잘 알고 있으며 청허자와 장철신개로부터 틈틈이 그의 근황에 대해서 들어온 나부파 장문인 무유자와 개방방주 대력신개는 오히려 매우 놀라는 표정을 짓고 있었다.

두 사람은 청허자와 철장신개로부터 전해들은 설명을 종합하여 용비가 소위 무림의 잣대로 봤을 때 삼화취정이나 오기조원의 경지에 이르렀을 것이라고 나름대로 짐작하고 있었다.

그런데 두 사람이 지금 보고 있는 용비는 전혀 그런 티가 나지 않았다.

잘못 생각하면 오히려 용비의 무위가 퇴보했다는 착각이 들 정도였다.

그러나 그럴 리가 없다고 생각한 두 사람은 용비가 더욱 발전하여 완전히 평범함으로 되돌아간 등봉조극(登峰造極)의 경지에 이르렀을 것이라고 추측했다.

정말 그렇다면 서너 단계나 증진된 엄청난 수준이다. 청허자와 철장신개로부터 용비에 대한 소식이 단절된 지난 반년여 만에 서너 단계나 증진했다는 것인데 실로 믿을 수 없는 일인 것이다.

하지만 용비는 세속적인 삼화취정이나 등봉조극 같은 단계를 이미 벗어난 상태에 있다.

아니, 상태라고 하는 것은 어폐가 있다. 그의 성취는 전혀 인위적인 것이 아니기 때문이다.

여기에 있는 사람들은 아까 이미 인사를 나누었으며 철장신개의 상황설명까지 들었다.

그러나 논의 같은 것은 이제 필요하지 않다. 용비의 결정만이 남아 있다.

그것은 은연중에 그가 이곳의 최상위자가 됐다는 뜻이다. 그것은 또한 천하무림의 향배를 결정하는 최고의 지위에 앉아 있다는 의미이기도 했다.

"무량수불……. 용 도우. 예전보다 신태가 훨씬 좋아 보이니 무슨 좋은 일이라도 있으셨소?"

나부파 장문인 무유자가 용비에게 덕담을 건넸다. 그는 자신이 용비를 먼저 만나고 또 그의 인품을 미리 간파하여 전폭적인 지원을 아끼지 않았다는 사실을 다행으로 여기고 또 자랑스럽게 생각하고 있다.

용비는 빙그레 미소 지으며 좌우에 앉은 한정과 옥연의 어깨를 감싸 안았다.

"훌륭한 아내들과 함께 생활하고 있다는 것보다 더 좋은 일이 어디에 있겠습니까?"

"그건 그래요."

한정은 수줍게 얼굴을 붉히는데 옥연은 한껏 기고만장해서 고개를 끄떡이며 어깨에 힘을 주었다.

그 바람에 모두들 빙그레 미소 지으면서 엄숙했던 분위기가 한층 밝아졌다.

모두 용비를 주시했다. 이제는 그가 무언가를 말해야 하는 차례다.

"가장 좋은 방법은 싸우지 않는 것입니다."

그런데 그의 입에서 나온 첫 마디가 전혀 뜬금없는 알아들을 수 없는 말이었다.

"그게 무슨 말이오?"

"싸우지 않고 어떻게 절대십천을 이길 수 있소?"

"알아듣게 설명해 주시오."

모두의 얼굴에 이해할 수 없다는 표정이 떠올랐다. 그리고 공통적으로 떠오른 또 하나의 표정은 약간의 실망감이었다. '이거 소문하고는 다른 인물이잖아?' 하는 듯한.

"적이 누굽니까?"

용비의 다음 물음도 뜬금없는 내용이었다.

"그야 절대십천이 아니오?"

누군가 대답했다.

"아닙니다. 우리의 적은 태천주 천무황입니다."

"아……."

좌중 여기저기에서 나직한 탄성에 이어서 모두 고개를 끄떡였다.

그리고 이어진 용비의 말은 모두의 의문을 불식시켜 주는 동시에 반신반의하는 의구심을 불러일으켰다.

"내가 천무황하고 일대일로 싸울 생각입니다."

그 한마디에 장내가 발칵 뒤집어졌다. 자리를 박차고 일어나는 사람도 있고 탁자를 치면서 언성을 높이는 사람도 있었다. 그러나 모두의 공통된 의사는 '말도 안 된다' 라는 것이었다.

그들이 원하는 절대십천과의 싸움은 천하무림의 사활을 건 무림전쟁이다.

그들인들 그 방법이 좋아서 선택하는 것은 아니다. 그것밖에는 방법이 없기 때문이다.

"여의신벌과 절대십천이 싸움을 벌이면 수만 명이 죽게 될 거예요."

웅성거림 속에서 흘러나온 것은 여자의 맑고 영롱한 그리고 또렷한 목소리였다. 그러자 모두들 목소리가 들려온 쪽으로 시선을 집중했다.

"그것은 최소한의 결과예요. 하지만 최대한의 결과라는 것도 있어요."

모두는 용비 왼쪽에 앉아 있는 한정을 주시하면서 표정이 어두워졌다.

여의신벌과 절대십천의 싸움은 여의신벌을 지지하는 세력과 절대십천을 추종하는 세력 간의 전쟁이다.

이곳에 있는 사람들은 그 전쟁에서의 희생자가 수만 명일 것이라고는 생각하지 않는다.

일단 전쟁이 시작되면 가파른 비탈길을 빠르게 굴러 내려가는 수레처럼 멈출 수도 멈춰서도 안 된다. 멈추는 쪽이 패하기 때문이다.

그러므로 수레가 비탈을 다 내려가서 저절로 멈출 때까지 기다릴 수밖에 방법이 없다.

수레가 멈추면, 즉 전쟁이 끝나면 희생자는 절대로 수만 명으로 끝나지 않을 것이다.

그 수는 족히 십만을 넘어갈 터이다. 그것을 중인은 충분히 짐작하고 있다.

"아미타불⋯⋯."

소림사 장문인 대신 이곳에 온 대장로(大長老) 불각선사(佛覺禪師)가 불호를 외우며 침묵을 깼다.

"비교불지비지불행(非敎不知非知不行)이오. 여시주께선 가르침을 주시오."

말인즉, 가르침이 없으면 알지 못하고, 알지 못하면 행하지 못한다는 뜻이다.

"만약⋯⋯."

한정은 그들을 억지로 이해시키려고 하지 않고 간단명료하게 말했다.

"절대십천의 태천주와 천주들만 죽일 수 있다면 수많은 희생을 막을 수 있어요."

좌중이 조용해졌다. 조금 전에 용비가 자신이 태천주와 일대일로 싸우겠다는 말을 한정이 거듭 말한 것이다.

용비와 한정이 무림의 대선배들을 상대로 말장난을 할 리가 없다는 사실을 알면서도 상황이 상황이니만큼 긴장하지 않을 수가 없다.

"태천주의 무위는 아무도 가늠하지 못하오. 무림에서 그와 싸워본 사람이 한 명도 없기 때문이오."

좌중에서 조심스러운 말이 흘러나왔다.

"그의 부친은 오십여 년 전에 천하제일인으로 군림했었던 영무제(永武帝) 도선후(都旋侯)요. 태천주는 부친에게 무공을 배웠으므로 당연히 무적일 수밖에 없소."

"그렇소. 영무제 도선후가 절대십천을 발족했으며 그것을 아들인 태천주에게 물려주었으니 자신의 진전인들 물려주지 않았겠소?"

용비는 태천주 부친에 대한 말은 지금 처음 들었는데 그가 추측하고 있던 것과는 달라서 의아한 생각이 들었다.

그는 사부 도연훈과 옥소선의 아들이 절대십천 태천주 도담천이라고 알고 있었다.

"영무제 도선후를 직접 본 분이 계십니까?"

용비의 물음에 좌중의 절반 이상이 그를 본 적이 있다고 대답했다.

"마지막으로 본 것이 이십여 년 전이었소. 그때 영무제는 무림맹을 절대십천으로 새롭게 발족했으며 이후 한 번도 무림에 나타나지 않았소."

모두 고개를 끄떡이며 영무제를 못 본 지가 이십여 년쯤 됐다고 말했다.

용비는 어떻게 된 것인지 추측하려고 잠시 생각에 잠겼다가 이내 부질없다고 여겨 그만두었다. 대신 그는 모두를 둘러보며 당부했다.

"여러분이 할 일이 있습니다. 내가 태천주와 일대일로 싸운 후에 벌어질 상황을 맡아주십시오."

결국 중인은 용비의 결심이 흔들림 없이 확고하다는 사실을 확인했다.

그러나 문제는 과연 그가 태천주와 싸워서 이길 수 있느냐는 것이다.

만약 그가 패한다면 그 후유증은 엄청날 것이다. 여의신벌은 지도자를 잃게 될 뿐만 아니라 그가 절대십천에 대항할 유일한 영웅이라고 믿고 있는 수많은 무림인은 절망에 빠지고 말 것이다.

그리고 그 역할을 대신할 사람이 아무도 없다. 지금까지 만능서생과 여의신벌이 이룩한 업적이 모두 물거품이 돼버리는 것이다.

그러므로 절대십천을 괴멸시키려 했던 원대한 희망은 원점으로 돌아가고 말 터이다.

"내가 이기면 이기는 대로, 패하면 패하는 대로 처리해야 할 일들이 있을 것입니다."

용비는 나부파와 개방의 네 명에게 두루 포권을 해 보이며 말을 이었다.

"여기 네 분에게 미리 말씀드려 놓았으니까 그대로 하면
될 것입니다."

그는 은연중에 나부파와 개방을 이제부터 무림을 이끄는
방, 문파로 부상시키려고 하였다.

그들이 지금까지 그와 여의신벌에 호의를 베풀었던 것에
대한 보답이다. 이로써 용비가 태천주에게 이기든 패하든 구
대문파를 비롯한 무림은 나부파와 개방의 지시에 따를 수밖
에 없게 되었다.

나부파와 개방은 용비에게 그런 것을 바라지 않고 순수한
마음에서 그를 도왔었다.

하지만 그의 마음을 알고 가슴속으로부터 고마운 마음을
금치 못했다.

일이 전혀 예상하지 못했던 방향으로 흘러가서 결론이 나
는 것 같은 양상을 보이자, 구대문파 사람들은 그것을 승복하
지 못하는 듯 두세 명씩 두런두런 대화를 나누며 뭔가 돌파구
를 찾는 듯했다.

탁탁탁!

그때 개방 방주 대력신개가 손바닥으로 탁자를 치자 모두
들 그를 주시했다.

대력신개는 좌중을 한 차례 둘러보더니 엄숙한 표정으로
못을 박았다.

"개관사정(蓋棺事定)이오."

관 뚜껑을 덮고 나서 나중 일을 논하자는 것이다. 즉, 용비와 태천주와의 싸움 결과가 어떻게 나는지는 그때 가봐야 안다는 것이다.

대력신개의 말이 지당한지라 구대문파 사람들은 그로써 입을 다물었다.

＊　　＊　　＊

"월위무병선(月爲無柄扇)이요, 성작절영주(星作絶纓珠)라……. 내가 딱 그 신세로구나……."

밤하늘의 달은 손잡이 없는 부채요. 별은 끈이 끊어진 구슬이라서, 마치 님과 떨어져 홀로 된 내 신세와 같음을 한탄하는 청아하면서도 구슬픈 목소리다.

도영매는 많이 취했다.

그녀는 하루도 빠짐없이 수하가 구해온 홍로주, 즉 화주를 하루에 열 병 이상 꼬박꼬박 마시는데 오늘은 열다섯 병이나 마셨다.

술을 마실 때는 일체 공력을 사용하지 않기 때문에 보통사람이나 다름없이 취한다.

그녀는 처음에 용비하고 술을 마실 때 그렇게 배웠기 때문에 아직도 그것을 고수하고 있다.

그래서 지금 그녀는 몸을 가누지도 못할 정도로 만취한 상태가 되었다.

그녀는 자신의 정신이 하루 종일 엉망진창인 상태로 지속됐으면 좋겠다고 생각한다. 희미한 한 줄기 희망조차도 없는 절망의 생활이기 때문이다.

그래서 그녀는 아침에 일어나서 술에 취해 쓰러질 때까지 술병을 입에서 떼지 않고 산다.

오늘 그녀는 혼자가 아니다. 술을 마시고 있는데 그녀가 친오빠처럼 믿고 따르는 창천주 화소명이 찾아왔다.

지난번 그녀의 정혼자 변천주 와룡후가 그녀의 혈도를 제압하고 강간하려 했을 때 화소명이 구해준 이후 두 사람은 더욱 가까워졌다.

도영매는 절대십천에서 오로지 화소명 한 사람만 진심으로 믿을 수 있다고 생각했다.

그래서 그와 함께 있으면 그나마 마음이 편해져서 이런저런 얘기를 하면서 계속 술을 마셨다.

"화 오라버니……. 용랑이 보고 싶어서 죽을 것 같아요……."

도영매는 이미 만취한 상태이면서도 섬섬옥수에 술병을 쥔 채 몸도 가누지 못한 상태에서 상체를 이리저리 흔들면서 하소연을 했다.

그녀는 수많은 하녀나 수하들에게 둘러싸여 있지만 형단영척(形單影隻)의 절절한 외로움에 괴로워하고 있다. 너무 외로워서 심장이 찢어질 것만 같았다.

용비가 곁에 있으면 어디에 있더라도 즐겁고 든든했었다. 설사 지옥이라도 상관없다.

그와 함께 나부파에 가는 동안 그토록 위험천만한 일들을 많이 겪었으나 추호도 외롭다거나 불행하다고 생각한 적이 없었다.

그런데 지금처럼 그가 없으면 아무리 호사를 누리고 또한 주위에 사람이 많더라도 외로워서 죽을 것만 같았다.

화소명은 그녀가 말하는 '용랑'이 누군지 죽은 와룡후를 통해 들어서 잘 알고 있다.

현재 절대십천을 가장 위협하는 인물인 만능서생 용비가 바로 그 '용랑'이라는 사실도 물론 알고 있다.

하지만 그는 도영매 앞에서 용비에 대한 험담이나 그를 욕하는 말을 한 마디도 한 적이 없다.

그랬다가는 그것으로 도영매하고 끝이라는 사실을 예상할 수 있기 때문이다.

도영매는 그 정도로 용비에 대해서는 절대적인 사랑을 지니고 있다.

“오라버니…… 아아……”

도영매는 푸념을 하다가 결국 풀썩 옆으로 쓰러지더니 곧 잠이 들었다.

“영매야.”

화소명이 어깨를 흔들어도 그녀는 깨어날 생각을 하지 못하고 오히려 더 축 늘어졌다.

“쯧쯧……. 얼마나 외로웠으면……”

화소명은 그녀를 굽어보면서 가련한 듯 혀를 차면서 잠시 지켜보고 있다가 이윽고 그녀를 가볍게 안아 들고 침상으로 옮겨 반듯하게 눕혀주었다.

탁자 앞에서 쓰러지고 또 옮기는 과정에서 옷매무새가 흐트러지면서 그녀의 앞섶 사이로 뽀얗고 풍만한 젖가슴이 언뜻 내비쳤고, 허벅지 위로 걷어진 치마 때문에 눈부신 무릎과 허벅지가 드러나 있었으나 화소명은 눈길조차 주지 않고 돌아섰다.

“아… 사랑해……. 용랑… 안아줘……”

그가 문으로 걸어가는데 등 뒤에서 불분명한 발음의 잠꼬대가 발목을 붙잡았다.

뚝 걸음을 멈춘 그는 묵묵히 서 있었으나 더 이상 도영매의 잠꼬대는 이어지지 않았다.

그런데 문득 화소명의 얼굴이 슬쩍 찌푸려졌다. 그리고는 휙 돌아서서 곧장 침상을 향해 성큼성큼 걸어가 침상 옆에 뚝 멈추고 도영매를 굽어보았다.

　그녀의 모습은 조금 전과 다름이 없었다. 하지만 화소명은 조금 전의 기분이 아니기 때문에 그의 눈에는 그녀의 모습이 매우 선정적이며 농염하게 보였다.

　화소명의 입술 끝이 씰룩였다.

　'영매. 네가 스스로 마음을 열고 내게 안길 때까지 기다리려고 했다.'

　도영매가 변천주 와룡후에 의해서 절대십천에 돌아오고 나서 며칠이 지났을 때 태천주 도담천이 화소명을 불러 어떤 말을 했었다.

　"소명. 너에게 영매를 주고 싶다. 알아서 해라."

　그 말은 도영매를 얻기 위해서라면 무슨 수단방법을 다 써도 상관이 없다는 뜻이다.

　거기에는 심지어 힘으로 강간을 해도 된다는 의미까지 포함되어 있을 것이라고 화소명은 알아들었다.

　그런데도 화소명은 자신을 친형처럼 따르는 와룡후의 고민을 들어주고 함께 괴로워하는 체 연기를 했었고, 그에게 어떻게 해야 도영매의 환심을 살 수 있는지 이것저것 가르치기도 했었다.

　물론 그는 그런 방법들이 도영매에게 씨도 먹히지 않을 것이라고 짐작했었다.

그녀의 마음을 돌리는 방법을 알고 있었다면 화소명 자신이 써먹었을 테지 구태여 이런 식으로 그녀의 비위나 맞추는 힘든 방식은 택하지 않았을 것이다.

'그러나 용비라는 놈에게 향한 너의 마음을 절대로 돌이킬 수 없다는 사실을 나는 깨달았다.'

화소명이 기분 나쁜 것은 여러 가지다. 어째서 태천주가 처음부터 자신을 정혼자로 지목하지 않았느냐는 것이 첫 번째로 불쾌했다.

서른두 살인 그하고 도영매는 열두 살 나이 차이가 난다. 그러나 그런 것은 아무런 상관이 없다고 생각했다. 자고로 영웅호걸이란 환갑이 돼서도 십오 세 어린 소녀를 취할 수 있으니까 말이다.

두 번째로 기분이 나쁜 것은, 도영매가 그를 어째서 오빠로서 좋아하느냐는 것이다.

그리고 한 가지가 또 있다. 아무리 선심과 자비를 베풀어도 그녀의 마음을, 아니, 애정을 화소명 자신에게 향하게 할 수 없다는 사실이다.

그리고 화소명 자신 역시 결국에는 와룡후처럼 도영매를 힘으로 강간할 수밖에 없는 상황에 이르렀다는 사실인데, 그것이 가장 기분이 더러웠다.

슥……

화소명은 도영매를 취하기로 마음을 굳히고 그녀에게 천천히 손을 뻗어 옷을 벗기기 시작했다.

만약 그녀가 깨어나서 반항을 한다면 혈도를 제압할 생각이다. 그래서 오늘 기필코 그녀를 자신의 여자로 만들 각오를 했다.

상의가 채 벗겨지기도 전에 아기 손바닥만 한 젖가리개에 겨우 가려진 탐스러운 젖가슴이 통 모습을 드러내자 그는 흑! 하고 숨을 들이켰다.

그의 숨이 가빠지고 옷을 벗기는 손이 바르르 떨렸으며 입 안의 침이 말랐다.

그리고 심장이 미친 듯이 뛰어서 당장에라도 목구멍 밖으로 튀어나올 것만 같았다.

그는 자신이 이 정도로 대책없이 흥분할 줄은 전혀 예상하지 못했었다.

여자를 모르는 숙맥도 아니고, 지금까지 안아본 여자가 셀 수조차도 없을 정도인데 지금 이 순간 그는 마치 여자를 처음 접하는 숫총각처럼 허둥거리면서 아무것도 생각나지 않았다.

그런데 그의 손이 뚝 멈춰졌다. 상의 앞섶을 활짝 열어젖혔는데 도영매의 배에 천이 여러 겹 칭칭 감겨져 있는 것이 눈에 들어온 것이다.

영리하고 박식한 화소명이지만 여자가 배에 천을 감고 있는 이유를 알지 못했다.

그러나 어차피 강간을 할 것이라면 옷이든 천이든 다 벗겨야 한다.

그런데 화소명은 잠시 후에 한 걸음 뒤로 주춤 물러나며 만면에 어이없는 표정을 떠올렸다.

여러 겹의 천을 다 풀자 도영매의 맨살 배가 드러났는데 그가 예상했던 배의 모습이 아니었다.

'빌어먹을……. 임신을 했다는 말인가?'

도영매의 배는 꽤 많이 불러 있었다. 그것은 절대로 과식을 해서 부른 배가 아니다.

그녀는 임신을 한 것이다. 그것을 드러내지 않으려고 배에 천을 칭칭 감았던 것이다.

화소명의 얼굴이 보기 싫게 일그러졌다. 도영매가 용비의 아기를 뱄다는 사실 때문에 몸서리가 쳐졌다.

그는 누구보다도 간절하게 도영매를 원하고 있다. 하지만 배가 불룩한 임산부를 강간하고 싶은 마음은 없다.

반인륜적이고 나발이고를 떠나서 그러는 것이 전혀 내키지 않기 때문이다.

뱃속에 다른 놈의 새끼를 잉태하고 있는 여자를 강간하다니 생각만 해도 추잡했다.

대신 그는 다른 방법을 택했다. 용비의 아이를 배다니 있을 수도 없는 일이다.

　그러므로 도영매를 낙태시킬 생각을 한 것이다. 강간은 그
다음이다.

第九十五章 삼라천신기(森羅天神氣)

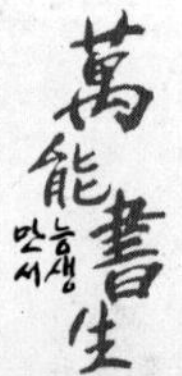

수진랑은 만절사신도 호신도에 들어가기 전에는 용비에게
며칠만 들어갔다가 나오면 안 되느냐고 울상을 짓더니 백 일
이 지나도록 나올 생각을 하지 않았다.

그녀가 그런 상황인데 다른 세 사람이야 스스로 나오려고
하겠는가.

그러나 용비는 더 이상 시간을 지체할 수 없기 때문에 그들
을 만절사신도에서 불러냈다.

화봉각 화악정 지하 이 층 밀실은 지난 백 일 동안 완전히
통제구역이었다.

용비는 바닥에 나란히 펼쳐져 있는 만절사신도 네 장의 그림 앞에서 네 사람을 불러내는 진성음(眞成音)을 발휘하여 그림 속으로 주입시켰다.

그러자 세 호흡도 지나지 않아 만절사신도에서 네 개의 흐릿한 인영이 튀어나오더니 허공중에서 순식간에 사람으로 변해 바닥에 내려섰다.

"용랑!"

수진랑은 용비를 보자마자 그에게 뛰어들어 안기면서 울음을 터뜨렸다.

항주를 공포에 떨게 하는 검귀도 사랑과 그리움 앞에서는 한 명의 여자일 뿐이다.

더구나 바깥에서는 백 일이지만 만절사신도 안에서는 그 열 배인 천 일이다.

천 일은 삼 년에 가까운 세월인데 그동안 용비를 못 봤으니 얼마나 그리웠겠는가.

낙혼과 반아미, 뇌웅은 바닥에 한쪽 무릎을 꿇고 깊숙이 고개를 숙였다.

"주군을 뵈옵니다!"

낙혼은 용비의 친구지만 그것은 사적인 자리에서고 지금은 만절사신의 한 명으로서 예를 취하는 것이다.

"일어나라."

용비가 한 팔로 수진랑의 허리를 안고 말하자 세 사람은 몸을 일으켜 반가운 표정으로 그를 바라보았다.

그런데 갑자기 반아미의 눈빛이 야릇하게 변하는가 싶더니 갑자기 득달같이 덤벼들면서 수진랑을 밀쳐내고 용비 품에 안기며 외쳤다.

"이제는 더 이상 못 견디겠어요! 당신이 보고 싶어서 숨이 끊어지는 줄 알았어요!"

삼 년이면 긴 세월이다. 봉신도 속에 들어가기 전의 반아미는 마음속으로만 용비를 연모했었다.

그리고 하루에 그를 한 번씩 보는 것만으로 만족하며 마음을 달래곤 했었다.

그런데 기나긴 삼 년 동안 봉신도 속에서 영봉하고만 지내다보니까 그가 보고 싶어서 미칠 지경이었다.

그래서 이번에 그림 밖으로 나가면 하늘이 두 쪽 나는 일이 있더라도 자신의 마음을 행동으로 직접 표현하겠다고 맹세를 거듭했었다. 그녀는 그 결심을 행동으로 옮긴 것이다.

용비는 엉겁결에 반아미를 안았으나 곧 부드럽게 그녀를 안고 등을 토닥였다.

그와 반아미의 인연은 누구 못지않을 정도로 질기고 또한 파란만장했었다.

화봉 옥연이 신룡보의 신룡경천도법을 요구하는 바람에

그것을 얻어내려고 반아미하고 비무를 했었던 것이 최초의
만남이었다.

그 당시에 그녀는 용비에게 패해서 신룡경천도법을 내어
주었을 뿐만 아니라 잠시 동안 그의 종이 됐었다가 그 즉시
버림을 받았었다.

이후 항주 서호 변 천축산에서 반아미는 협공을 당해서 쫓
기다가 동굴 속으로 숨어든 용비의 목숨을 구해주었고 그가
탈출할 수 있도록 길을 열어준 적이 있었다. 그 뿐만이 아니
라 그와 허실이 나부파에 갈 때도 또 한 번 목숨의 은혜를 베
풀었었다.

만약 그녀의 도움의 손길이 없었더라면 용비는 이 세상 사
람이 아닐지도 모른다.

그리고는 이후 그녀는 줄곧 그의 곁에 머물면서 자신의 마
음을 한 마디도 표현하지 못한 채 가슴앓이를 했었다. 그런데
참고 참다가 이제야 터져 버린 것이다. 원래 한 번 터진 봇물
은 감당하기 어렵다.

"사랑해요! 알아요? 오래 전부터 당신을 사랑하고 있었어
요! 이 말을 하지 못하면 죽을 때까지 후회할 거 같아요! 이제
절 죽이든 살리든 맘대로 하세요!"

반아미는 그의 품속으로 자꾸만 파고들면서 몸부림치며
울부짖었다.

수진랑은 처음에 반아미가 밀치자 발끈 화가 났었으나 그녀의 처절한 모습을 보고는 씁쓸한 미소를 지었다.

이렇게 용비가 또 한 명의 여자를 얻게 되는구나, 하는 생각이 들었기 때문이다. 용비가 그녀를 받아들인다면 수진랑으로서도 어쩔 수가 없는 일이다. 거기에 대해서는 이미 포기한 그녀다.

"어이! 아미야. 그만 좀 징징 짜라."

보다 못한 낙혼이 투덜거리듯 한 소리를 했다.

반아미가 눈물을 닦으면서 용비 품에서 빠져나오며 흘겨보자 낙혼은 그녀를 밀치고 냉큼 용비를 끌어안았다.

"나도 친구 좀 안아보자구."

낙혼은 용비를 얼싸안고 번쩍 들어 올렸다가는 빙빙 돌리며 벌쭉 웃었다.

"하하하! 반갑다, 용비야!"

용비가 시험을 해본 결과 만절사신 네 명의 무위는 만족할 만한 수준으로 증진되었다. 만절사신도 속에서 삼 년 가까이 있었으니 당연한 결과다.

그들 각자의 무위는 절대십천의 천주와 일대일로 싸울 수 있을 정도가 되었다.

용비는 닷새 후에 절대십천으로 출발할 계획을 세워놓고

분주하게 여의신벌의 일을 마무리했다.

어쩌면 이번 출정이 다시는 돌아올 수 없는 마지막 길이 될 수도 있고 여러 변수가 발생할지도 모르기 때문에 거기에 대비한 몇 가지 일들이다.

밤 술시(8시) 무렵이 돼서야 오늘 할 일을 마친 그는 연공실로 향했다.

요즘 매일 밤마다 시도하고 있는 것이 있는데, 지난번에 삼강을 하나로 합치는 데 성공했던 것과 얼마 전 천태산에서 얻은 깨우침을 연결하거나 묶어보려는 시도다.

그것은 무공연마가 아니기 때문에 혼자 조용히 석대에 앉아서 운공조식을 하면 된다.

사실 그는 운공조식을 할 필요가 없다. 체내 단전에 삼강을 하나로 만든, 즉 그 스스로 혼일강(混一罡)이라고 이름을 붙인 굉장한 공력이 내재되어 있다.

그러나 이제는 천태산에서 깨우친 이십팔숙의 기운을 발휘할 수 있기 때문에 구태여 혼일강을 증진시킬 필요를 느끼지 못했다.

그는 또한 그것을 삼라천신기(森羅天神氣)라고 이름을 지었다. 혼일강이든 삼라천신기든 누구에게 말한 적이 없는 혼자만 생각하는 이름이다.

그는 천태산에서의 마지막 보름 동안 삼라천신기를 이끌

어내서 자신의 힘으로 발휘하는 연습을 했었다.

그러나 생각만큼 쉽지 않았고 또한 위력 면에서도 혼일강에 미치지 못했다.

삼라만상이 만들어내는 삼라천신기가 인간이 만들어내는 혼일강에 못 미친다는 것은 말이 되지 않는다. 그래서 그는 자신이 아직 훈련이 부족하여 미숙하기 때문일 것이라고 생각했다.

그렇지만 그것이 숙달될 때까지 언제까지나 훈련만 하고 있을 수는 없는 형편이다.

그렇기 때문에 아직 미숙한 삼라천신기와 혼일강을 병행하거나 합일시켜서 사용할 수는 없을지 방법을 연구하려는 것이다.

삼라천신기를 일으키는 것은 어디에서나 가능하다. 단지 장소나 시간에 따라서 일으켜지는 기운의 차이가 생긴다.

예를 들면 지금처럼 석실에 있을 때에는 현무인 금의 기운이 강하다. 사방이 돌이기 때문이다.

그리고 바깥의 마당에서는 주작 토의 기운이 강력하고, 강이나 호숫가에서는 청룡 수의 기운이, 대낮에는 태양 때문에 백호 화의 기운이 왕성하다.

또한 해가 뜬 이후에는 화와 토의 기운이, 밤에는 수와 금의 기운이 더 거세다.

　용비는 석대 위에 앉아서 한 시진 반이 지나도록 꼼짝도 하지 않은 채 혼일강을 끌어올려 몸 주위를 천천히 회전하도록 만들었다.

　반원형의 커다란 금빛 반투명한 막이 그를 감싼 상태에서 느릿하게 왼쪽으로 회전했다.

　그리고 사방의 석벽에서 새어 나온 희뿌연 안개 같은 삼라천신기 금의 기운이 용비를 감싸고도는 금빛 막을 향해 흘러오고 있었다.

　츠으… 츳츳…….

　금의 기운이 금빛 막에 닿자 작은 번갯불 같은 것이 번쩍이며 여기저기로 뿜어졌다.

　스파아앗!

　그러다가 어느 순간 느닷없이 금의 기운 전체가 금빛 막에 한꺼번에 흡수되면서 눈부신 섬광이 실내를 밝혔다.

　'우웃…….'

　혼일강과 삼라천신기의 충돌이 용비의 몸을 격렬하게 뒤흔들고 머리를 몽롱하게 만들었다.

　[아아… 용랑…….]

　그러더니 머릿속에서 갑자기 이상한 소리가 들렸다. 그것은 흡사 예전에 허실과 영적으로 교감을 했을 때 들었던 그녀

의 목소리, 아니, 생각 같았다. 애간장이 끊어지는 듯한 안타
까운 감정이 얇은 옷으로 스며드는 찬바람처럼 용비에게 엄
습했다.

'실아…….'

환청이라면 귀에서 울릴 텐데 이것은 용비 자신이 생각하
고 있는 것처럼 머릿속을 울리고 있다.

그리고 그는 이것이 예전에 허실하고 영적 교감을 나누었
던 것과 똑같다는 것을 깨달았다.

혼일강하고 삼라천신기를 묶어보려는 시도가 예상하지 않
았던 뜻밖의 결과를 낳았다.

[용랑… 나는 더 이상 버틸 수가 없어요……. 여보… 용
랑…….]

용비가 그것이 환청이나 착각이 아니라는 사실을 깨닫기
까지는 그리 오래 걸리지 않았다.

[용랑… 저자가…… 우리 아기를 죽이려고 해요……. 여
보…….]

그녀는 용비에게 말을 전하고 있는 것이 아니었다. 스스로
생각하고 있는 것이 그에게 전해지고 있는 것이다. 예전처럼
말이다.

[실아!]

용비는 생각으로 그녀를 크게 불렀다.

그런데 갑자기 아무 소리도 들리지 않았다. 깊은 바다 밑바닥 같은 고요가 흘렀다.

그래서 용비는 방금 전에 들었던 허실의 생각이 역시 착각이었다는 생각을 하게 되었다.

그리고는 그가 거의 포기하려고 했을 때 기적이 일어났다.

[용… 랑이에요?]

매우 조심스러우면서도 기쁨을 억누르는 듯한 허실의 생각이 다시 전해졌다.

[실아!]

마침내 두 사람이 통했다. 착각이 아니었다. 혼일강과 삼라천신기가 기적을 일으킨 것이다.

[정말… 용랑이에요……?]

[그래! 실아! 나다! 용비!]

그리고는 다시 적막이 흘렀다. 하지만 용비는 이번만큼은 착각이라고 생각하지 않았다.

그리고 그것을 확인이라도 시켜주려는 듯 잠시 후에 허실의 생각이 한꺼번에 파도처럼 용비의 머릿속으로 와르르 쏟아져 들어왔다.

보고 싶었다고, 그리웠다고, 그의 품에 안기고 싶으며, 얼굴을 만지고, 뜨거운 입김을 쏟아내며 사랑한다는 말을 죽을 때까지 하고 싶다고, 그런 생각들이 용비의 머릿속으로 홍수처럼 밀려들어와서 그의 피를 펄펄 끓게 만들었다.

그녀는 용비에게 향한 자신의 절절한 마음만 전할 뿐이지 지금이 어떤 상황인지는 전하지 않았다.

아니, 전할 틈이 없었다. 그만큼 용비에게 향한 마음이 절실했기 때문이다.

[실아. 괜찮으냐?]

[저요. 용랑의 아기를 가졌어요.]

[아……. 내 아기를…….]

용비는 뜻밖의 소식에 가슴이 벅차서 터질 것만 같았다.

[그런데 창천주라는 놈이 우리들의 아기를 죽이려고 해요. 독약을 써서 아기를 죽일 거예요……. 그놈은 지금 독약을 구하러 갔어요……. 용랑, 어떻게 해요?]

청천벽력 같은 말에 용비는 몸이 끝없이 아래로 추락하는 것 같은 암담한 느낌이 들었다. 허실이 자신의 아기를 임신했다는 기쁜 소식 뒤에 그 아기가 죽을 것이라는 하늘이 무너지는 소식이다.

[내가 지금 가겠다.]

[용랑…….]

[너는 아무 걱정하지 마라. 내가 지금 달려가서 창천주라는 놈의 모가지를 비틀어버리겠다.]

[안 돼요. 용랑. 이곳은 용담호혈이에요. 용랑은 이곳에 잠

입할 수도 없을 거예요.]

[너는 아무 걱정하지 마라. 지금 간다.]

용비는 혼일강과 삼라천신기를 거두면서 석대에서 내려와 석실 밖으로 쏘아 나갔다.

그는 자신이 간다고 하면 허실이 걱정할 것 같아서 잠시 그녀와의 영적 교감을 끊은 것이다.

*　　　*　　　*

사아아…….

지상에서 수백 장 높이의 하늘에 한 사람이 날아가고 있는 것을 땅 위의 사람들은 아무도 발견하지 못했다.

용비는 칠흑처럼 검은 흑의를 입은 모습으로 선 자세에서 상체를 약간 앞으로 숙이고 바람처럼 쏘아가고 있다.

지금 그가 날아가고 있는 것은 경공술이나 어풍비행 같은 수법이 아니다.

그는 사신 중 청룡을 불러내서 그것을 타고 가는 중이다. 청룡, 즉 천룡은 투명한 모습이지만 이따금씩 햇빛에 비늘이 번뜩이면서 은은하게 형체가 드러나기도 한다. 그렇지만 즉시 사라진다.

그래서 누군가 용비를 발견한다면 그 혼자서 하늘을 날아가고 있는 것처럼 보일 터이다.

만약 그가 삼라천신기를 발휘하는 능력이 지금보다 더 뛰어나다면 그의 뜻에 따라서 천룡은 제 모습을 나타내기도 모습을 감추기도 할 것이다.

하지만 지금 그의 능력은 그에 미치지 못하기 때문에 천룡의 모습이 이따금 햇빛에 반사되어 보일 뿐이다.

물론 삼라천신기를 잘 부리면 지금보다 훨씬 빠른 속도로 날 수 있다.

현재 그가 날아가는 속도는 예전에 전력으로 호주를 전개했을 때보다 세 배 이상 빠르다.

아마도 무림에서 이 정도 속도의 경공을 전개하는 인물은 없을 것이다.

그렇지만 마음이 급한 용비는 더 빨리 속도를 내지 못해서 답답하기 짝이 없다.

절대십천에 대해서 철장신개에게 들었기 때문에 태천주나 각 천주들의 별호와 이름 정도는 알고 있다.

허실을 괴롭히고 있다는 창천주라는 자의 이름은 화소명. 별호는 무적군자(無敵君子). 절대십천 서열 삼위의 막강한 인물이다.

하지만 그것뿐이다. 그자가 어떻게 생겼는지 본 적도 없으며, 무공에 대해서도 아는 것이 없고, 특히 그가 무엇 때문에 허실을 괴롭히고 있는지는 짐작조차 하지 못한다.

항주에서 태산까지 이제 절반쯤 온 것 같다. 허실과 영적 교감을 끊자마자 즉시 출발했는데 여기까지 오는데 하루가 꼬박 걸렸다.

용비는 허실이 자신의 아기를 임신했다는 사실에 크게 놀랐으며 뭐라고 설명하기 어려울 만큼 가슴이 벅차고 신선한 느낌에 사로잡혔다.

사랑하는 여자와 몸을 섞으면 임신을 하는 것이 자연스러운 일인데도 한정이나 수진랑, 옥연에게 그런 일이 없었기 때문에 전혀 기대하지 않고 있었다.

허실하고는 나부파에 다녀오다가 딱 한 번 동침을 했었고 그녀는 그 길로 와룡후에게 납치됐었는데, 그 한 번의 동침으로 임신을 했다니 신기한 일이다.

그때가 벌써 팔 개월쯤 전의 일이니까 허실은 이미 해산할 때가 다 되어가고 있는 것이다.

그런데 창천주라는 자가 독약을 사용하여 허실이 임신한 태아를 죽이려고 한다는 것이다.

허실은 태천주의 딸인데 창천주가 어떻게 그런 짓을 할 수 있는 것인지 이해가 되지 않았다.

다만 용비의 짐작으로는 창천주가 그런 음모를 꾸미고 있는 것을 허실이 눈치를 챈 것 같았다.

그의 마음은 극도로 초조했으나 허실이 원래 덤벙거리지 않고 차분한 성격인데다 창천주의 음모를 미리 눈치를 챘으니까 잘 대처하고 있으면 자신이 가서 구해낼 것이라고 애써 자신을 위로했다.

그래도 항주를 출발한 이후 한나절 동안 허실과 영적 교감을 하지 않았기에 그녀가 걱정할 것 같아서 그는 통제를 풀고 그녀와의 영감(靈感)을 이어보았다.

[안 돼! 이 나쁜 놈! 저리 가지 못하겠느냐?]

그런데 갑자기 허실의 날카롭고 다급한 외침이 용비의 머릿속에서 웅웅 울리자 용비는 움찔 놀랐다. 마치 쇠망치로 머리를 호되게 맞은 것 같은 느낌이었다.

그것은 그녀의 말이 아니라 생각이다. 생각으로 누군가에게 호통을 치고 있다.

[아아……. 저놈이 내게 독약을 먹이려고 가져왔어……. 어쩌면 좋아? 혈도만 제압당하지 않았어도…….]

용비는 크게 놀랐다. 허실의 상황은 그가 짐작했던 것처럼 여유가 있는 것이 아니었다.

하루 전에 영적 교감을 했을 당시에 그녀는 이미 창천주에게 혈도가 제압당해 있었던 것이 분명했다. 그랬는데 용비가 일방적으로 교감을 끊어버렸기에 그녀는 미처 그런 사실을 알려줄 수 없었던 것이다.

[실아!]

용비는 급히 그녀를 불렀다. 지금까지 무엇을 실수하고 잘못했던지 간에 그것은 중요한 것이 아니다. 그녀가 풍전등화에 직면해 있는 것이다.

[용랑!]

찢어지는 듯한 그리고 너무나 반가운 듯 허실의 목소리가 팔랑거렸다.

[지금 어떤 상황이냐?]

[저놈이…… 창천주가 조그만 약병을 쥐고 저에게 다가오고 있어요. 저 약병에는 뱃속의 아기를 죽이는 독약이 들었을 거예요. 그것을 저에게 강제로 먹일 거예요. 저는 혈도가 제압돼서 꼼짝도 할 수 없어요. 이제 어쩌면 좋아요 용랑……. 우리 아기가……. 아아…….]

창천주가 무엇 때문에 허실 뱃속의 아기를 죽이려는 것인지는 모르겠으나 그런 것을 따질 때가 아니다.

용비는 초조하고 다급했다. 하지만 그는 아직도 태산에서 천여 리 이상 떨어진 곳에 있으므로 창천주를 물리치는 것은 불가능하다.

[용랑……. 이놈이 제 입을 강제로 벌리고 있어요. 약을 먹이려는 거예요. 어떻게 해요…….]

용비는 답답해서 미칠 것만 같았다. 무슨 독약인지는 모르지만 창천주가 그것을 먹이면 허실 뱃속의 아기는 죽고 말 것이라고 생각했다.

그런데 궁하면 통한다는 말이 맞았다. 용비 뇌리를 번뜩이는 것이 있었다.

[실아. 내 말 잘 들어라.]

[아……. 독약이…… 입속으로…….]

허실의 절망적인 생각이 각박하게 전해졌다.

[몸의 혈도에는 외혈맥(外血脈)과 내경맥(內徑脈)이 있다. 너는 지금 내가 불러주는 구결대로 내경맥을 운용해라.]

용비는 지금 자신이 할 수 있는 최선을 다하고 있다. 이 방법이 아기를 살릴 것이라는 확신은 없지만 현재로선 방법이 그것뿐이다.

[아아……. 그러면 아기를 살릴 수 있나요……?]

[살릴 수 있다. 복용한 독약을 체내의 한 구석에 따로 저장해 두려는 것이다.]

[아아… 어서… 어서…….]

의술에 해박한 용비다. 그는 창천주가 먹인 독약을 허실의 체내 한 구석에 몰아두었다가 나중에 처리할 수 있는 방법을 생각해 낸 것이다.

허실이 비록 혈도가 제압됐으나 그것은 외혈맥이다. 무림에서 사용하는 모든 혈도는 외혈맥을 가리킨다.

그러나 내경맥이라는 것이 있다. 그것은 외혈맥하고는 별개로 몸을 다스리는 또 하나의 신비한 기관이다.

허실은 외혈맥이 제압된 상태이기 때문에 내경맥은 자유롭게 운용할 수가 있다.

[어떻게 되었느냐?]

[아……. 모르겠어요.]

용비의 물음에 허실은 매우 자신 없는 듯했다.

그는 내경맥을 통해서 태아의 상태를 확인하는 방법을 생각해 냈고, 허실은 그 즉시 그대로 실행하더니 잠시 후에 안도하는 생각이 그에게 전해졌다.

[아……. 다행이에요. 아기는 무사해요.]

[지금 어떤 상황이냐?]

[그런데 제가 어디에 갇혀 있는지 모르겠어요. 그저께 밤늦게까지 술을 마시다가 잠이 들었는데 깨어나 보니 이런 상황이었어요.]

그녀가 왜 그렇게까지 술을 마셨는지 묻지 않아도 이유를 알 것 같았다. 거기에 대해서는 그녀를 탓할 마음이 추호도 없었다.

[혈도가 제압됐기 때문에 움직일 수 없고……. 침상에 누워 있는데 여기가 어딘지 모르겠어요.]

용비는 그녀를 통해서 그녀의 신변에 대해서 알아내는 것은 무리라고 생각했다.

그는 자신의 계획에 대해서 허실에게 알려주었다. 그의 계획은 간단명료했다. 잠입해서 창천주와 태천주를 죽이고 허실과 사부 도연훈을 구하는 것이다.

원래는 만절사신과 함께 올 계획이었으나 허실의 상황이 급박함을 알게 되어 그 혼자 먼저 출발했으며 그들은 뒤따라올 것이다.

용비의 계획이 허실에게 전해지고 나서 그녀의 생각이 다시 용비에게 전해졌다.

[그와 꼭 싸워야 하나요?]

태천주를 말하는 것인데 용비가 걱정되기 때문이다. 그녀가 알고 있는 용비의 실력으로는 절대 대천주의 상대가 되지 못한다.

하지만 그녀는 곧 용비가 혼일강과 삼라천신기를 터득했다는 사실을 알게 되어 어느 정도 안심이 되었다. 그것이 무엇인지는 모르지만 만절사신공의 극한이라는 것을 알았기 때문이다.

하지만 이번에는 다른 걱정이 생겼다. 세상에서는 태천주를 대악인이라고 지탄하지만 허실에게는 자신을 낳아준 부친이기에 당연히 괴로울 터이다.

그렇지만 허실은 곧 또 다른 사실을 알게 되었다. 용비가 사부 만절기황 부부에 대해서 생각하자 즉시 그녀의 머리로 전해졌다.

즉, 그녀의 아버지는 만절기황의 아들이며 부모를 제압 납치했다는 것이다.

천하에 저지른 죄로도 모자라서 부모까지 해코지하는 천인공노할 패륜아가 그녀의 부친이었다.

잠시 후에 허실의 차분한 생각이 용비에게 전해졌다.

[저는 용랑만 무사하면 되요. 제발 다치지 말아요.]

第九十六章 절대십천 잠입

　침상에 무기력한 모습으로 걸터앉아 있는 만절기황 도연
훈은 망연자실한 표정을 지으며 눈앞에 우뚝 서 있는 도담천
을 쳐다보았다.

"너… 그게 무슨 말이냐?"

방금 도담천은 자신의 앞에 앉아 있는 도연훈과 옥소선에
게 청천벽력 같은 말을 했다. 자신이 도연훈의 아들이 아니라
는 것이다.

"어머니에게 물어보십시오."

도담천은 도연훈 옆에 당황한 표정으로 앉아 있는 옥소선

을 쳐다보았다.

그가 쳐다보자 옥소선은 안색이 해쓱하게 질려서 그를 바라보다가 급히 외면하며 고개를 숙였다. 그런데 몸을 바들바들 떨고 있다.

"어찌 된 일이오? 저 아이의 말이 맞소?"

"아… 니에요. 그럴 리가 없다는 걸 당신이 더 잘 알고 계시잖아요."

그렇게 궁색한 변명을 하면서도 옥소선은 그를 감히 쳐다보지 못했다.

도연훈은 옥소선의 그런 반응을 보고 도담천의 말이 맞는다고 생각했다.

도담천이 자신의 핏줄이 아니라니 너무도 충격적인 일이면서도 한편으로는 저런 패륜아가 자신의 아들이 아니라는 사실이 다행이라는 생각이 들었다.

그렇지만 도연훈은 그가 누구의 아들인지 궁금했다. 그는 옥소선의 입을 통해서 듣는 것을 포기하고 냉담한 얼굴로 도담천을 쳐다보았다.

"그렇다면 네 아비는 누구냐?"

도담천은 관운장을 닮은 영웅호걸의 풍모를 지녔으나 입가에는 비틀린 듯한 묘한 미소를 머금었다.

나이가 들수록 용모는 그 사람의 심성을 닮아간다지만 그는 아닌 것 같았다.

"당신 동생이 내 아버지입니다."

"……."

도연훈은 아연실색하여 할 말을 잃었다. 구십 세 가깝도록 살아오면서 세상의 온갖 세파에 시달리고 무수한 경험과 수양을 쌓은 그였지만 도담천의 충격적인 말에는 무너지고 말았다.

그에게는 어렸을 때 헤어진 동생이 한 명 있는데 도선후라고 한다.

헤어졌다기보다는 가문에 온갖 피해를 끼치고 주위에서 악행이란 악행은 죄다 저지르다가 도망치다시피 쫓겨난 것이었다.

그때 도연훈이 이십오 세 남짓이었으니까 육십 년 이상 만난 적이 없었던 동생이다. 그런데 난데없이 그 동생이 도담천의 친아버지라는 것이다.

순간 도연훈은 혹시 하는 생각이 들어 옥소선을 다시 쳐다보았다.

그녀가 조금 전에 당황해서 어쩔 줄 모르던 모습이 떠오른 것이다.

마침 옥소선은 그를 보고 있다가 헉! 하면서 숨이 멎을 것처럼 소스라치게 놀랐다.

‘맙소사……’

그녀의 입을 통해서 들어볼 것도 없다. 그녀의 이런 반응이 대답을 훌륭하게 대신해주고 있다.

도담천의 친어머니는 옥소선이 변함없으며 단지 아버지가 다를 뿐이다.

동생 도선후가 옥소선과 동침을 하여 임신을 시켰던 것이다. 확인해 볼 필요조차도 없다. 그 천하에 패륜아가 형의 부인, 형수와 정을 통한 것이다.

도담천의 나이가 지금 오십팔 세니까 그렇다면 도연훈이 옥소선을 만난 초창기에 그녀는 시동생하고 눈이 맞아서 그런 추잡한 짓을 저질렀던 것이다.

“여보… 잘못했어요……. 하지만 제가 사랑하는 사람은 당신뿐이었어요……. 흑흑…….”

옥소선은 마침내 비 오듯이 눈물을 흘리며 도연훈에게 고개를 조아리고 용서를 빌었다.

도연훈은 일그러진 얼굴로 그녀를 쏘아보았으나 곧 표정을 풀었다.

분노 자체가 부질없는 짓이라는 생각이 들었다. 아니, 모든 것이 다 쓸모없다.

살아 있다는 사실조차도. 그는 모든 것을 다 잊어버리고 싶을 뿐이다.

도담천이 득의한 미소를 흘리면서 도연훈을 굽어보았다.

"자, 일이 이쯤 됐으면 모든 걸 다 포기하고 내게 만절사신공의 오의를 가르쳐 주십시오."

무공을 잃은 도연훈은 침상에 걸터앉은 채 도담천을 무섭게 쏘아보다가 그마저도 그만두었다.

"만절사신공의 오의 따윈 없다. 있었다면 이미 내가 깨우쳤을 것이고, 설혹 있다고 해도 너 같은 짐승새끼에겐 절대로 가르쳐 주지 않는다."

도연훈의 멸시어린 말에도 도담천은 끄떡하지 않았다.

"당신의 그 말을 믿겠습니다. 왜냐하면 당신의 어린 제자의 실력을 보면 오의가 아니라 만절사신공조차도 아직 터득하지 못한 것 같으니까 말입니다."

도담천은 만능서생 용비에 대한 보고를 수시로 접하고 있었으며 그것을 종합하여 그의 무위를 측정했었다. 그 결과 용비의 무위는 자신하고 비교 자체도 되지 않을 정도로 하수이며, 만절사신공의 오의 같은 것은 더더욱 깨우치지 못했을 것이라고 확신하고 있었다.

아니, 도연훈은 만절사신공의 오의 같은 것은 없다고 말했고 도담천은 그 말을 믿었다.

왜냐하면 도연훈이 자신의 최고 심득인 만절사신록의 집필을 끝낸 지 이미 이십여 년이 흘렀으며, 그 정도 세월이면 만약 만절사신공의 오의라는 것이 있다면 충분히 깨닫고도 남았을 것이라고 추측한 것이다.

도연훈은 문득 용비를 생각하자 입가에 저절로 엷은 미소가 피어났다.

일찍이 용비의 불세출적인 천재성을 간파했던 도연훈은 그라면 만절사신공의 오의뿐만 아니라 그 이상의 것도 깨우치거나 창조해낼 수 있을 것이라고 생각했었다.

도연훈은 도담천에게 만절사신공의 오의에 대해서 사실을 말해주지 않았다. 설혹 지금 당장 죽는다고 해도 말할 이유가 없다.

그는 자신이 깨우치지 못한 오의를 용비라면 이룰 수 있을 것이라고 믿었다.

그러나 용비가 제아무리 뛰어난 천재라고 해도 아직은 때가 아니다.

최소한 십 년에서 이십 년은 걸려야지만 오의를 깨우칠 수 있을 것이라고 내다보았다.

지금 도연훈이 내심 소원하고 있는 한 가지는 용비가 젊은 혈기를 믿고 섣불리 도담천과 절대십천을 상대하려들지 말았으면 하는 것이다.

그래서 충분한 시간을 두고 오의를 깨우쳐서 완전히 익힌 후에 실행에 옮기기를 원했다.

그는 용비를 생각하자 매우 편안한 마음이 되었다. 옥소선이 자신을 배신하고 동생과 동침하여 아들을 낳았다는 사실에 충격을 받았으나, 도담천이 자신의 아들이 아니라는 것에서 큰 위로를 얻었다.

도연훈은 하늘 아래에 오로지 용비만이 자신과 인연을 맺은 사람이라고 생각했다.

"볼일이 끝났으면 이제 나를 죽여라."

도연훈은 홀가분했다. 무엇보다 흐뭇한 것은 도담천이 자신의 아들이 아니었다는 사실이다.

그리고 언젠가는 자신의 귀여운 제자 용비가 도담천을 응징할 것이라는 것도 큰 위안이 되어주었다. 그러므로 기꺼이 죽을 수 있다.

그러나 도담천은 득의하게 흐릿한 미소를 흘렸다.

"그럴 수는 없습니다."

"만절사신공의 오의 따윈 없다고 하지 않았느냐?"

"그 말은 믿습니다. 하지만 당신을 다른 곳에 쓸 데가 있기 때문입니다."

"무슨 소리냐?"

"당신을 중요한 순간에 담보로 사용하기 위해서 잠시 살려두겠습니다."

'담보' 라는 말에 도연훈은 움찔 불길해졌다. 혹시 용비하고 연관이 있는 일인지도 모른다는 생각 때문이다.

"당신은 이제 고금제일인도 영세제일인도 아닌 그저 추한 늙은이일 뿐입니다."

"담천아! 이놈! 그 무슨 망발이냐?"

옥소선이 질색을 하고 꾸짖었으나 도담천은 끄떡도 하지 않았다.

"나는 만능서생 용비라는 놈을 전혀 두려워하지 않지만 만약의 사태라는 것이 생길지도 모르니까, 그때를 위해서 당신을 담보로 살려두려는 것입니다. 때가 되면 어린 제자 앞에서 죽여줄 테니까 너무 성화부리지 마십시오."

옥소선은 안색이 새하얗게 질렸다.

"담천아! 네가 어찌 아버지를 죽인다는 말을 입에 담을 수가 있느냐?"

"이 사람은 내 아버지가 아닙니다. 어머니. 나는 한 번도 이 사람을 내 아버지라고 생각한 적이 없습니다."

옥소선은 얼굴이 새파랗게 질려서 파들파들 떨었다.

"이런 천하에 불효막심한 놈!"

"어머니. 진짜 내 아버지를 만나고 싶지 않으십니까?"

옥소선은 눈을 동그랗게 뜨며 놀랐다. 도담천의 진짜 아버지라면 도선후이기 때문이다.

한때 도연훈의 눈을 피해서 잠시 불장난을 나누었던 바로 그 시동생 도선후다.

"아버지가 이곳에 계십니다. 같이 갑시다."

그러나 옥소선은 차가운 표정을 지었다.

"절대로 가지 않겠다. 나는 여기에 있겠다. 내 남편은 여기
에 있는 이분뿐이다."

"좋도록 하십시오."

도담천은 강요하지 않고 몸을 돌렸다.

＊　　　＊　　　＊

용비는 떠나기 직전에 철장신개와 대력신개에게 절대십천
내부 지리에 대해서 딱 한 번 들은 것이 전부였다.

그가 가장 주의 깊게 들은 내용은 허실의 거처인 주천부와
태천주가 있는 태천궁의 위치다.

철장신개 등도 절대십천에 들어가 본 적이 없기 때문에 자
세한 내부 사정은 모른다.

다만 십천주들이 기거하는 곳이 어딘지 위치 정도를 알고
있을 뿐이다.

그런데 지금 허실은 창천주 화소명에게 제압되어 창천부
에 감금되어 있을 것이다.

창천부가 어디쯤 있다는 것은 알고 있으니까 일단 들어가

볼 생각이다.

그는 항주를 떠난 지 이틀 만에 삼천오백여 리를 날아서 마침내 절대십천이 있는 태산 동남쪽 문수 강변에 도착하여 지상에 내려섰다.

이곳까지 오는 동안 잠도 자지 않았으며 아무것도 먹지 않았고 줄곧 날아서만 왔다.

촌각을 다투는 위험에 처한 허실을 구하고 또 무공을 잃고 납치된 사부 도연훈을 구하겠다는 생각을 하면 잠시 쉬는 것조차도 사치라고 여겨졌다.

그가 절대십천 옆을 흐르는 문수에서 오 리쯤 상류에 도착한 것은 늦은 아침 무렵인 손시(9시)다.

절대십천에 잠입하려면 밤이 좋지만 그때까지 기다릴 수가 없는 상황이다.

잠입이라는 것을 우습게 여기면 안 된다. 아무리 하찮은 삼류고수의 눈에 띄기라도 하는 날이면 목적을 이루기도 전에 줄행랑을 쳐야만 한다.

도망치는 것이 싫다면 수천 수만 명과 부질없는 싸움을 할 수밖에 없다.

그러므로 그러지 않으려면 현재로선 어떠한 적의 눈에도 발각되지 않고 목표지점까지 도달하는 것에 전력을 기울여야만 한다.

그는 문수 강변을 따라서 미끄러지듯이 나아가면서 절대
십천에 잠입하는 방법에 대해서 생각했다.

잠시 후 저만치에 절대십천의 길고도 높은 담이 보일 때 그
는 한 가지 방법을 생각해냈다.

절대십천 안에 잠입한 용비가 제 집처럼 마음대로 활보하
고 있지만 아무도 그를 발견하지도 감지하지도 못했다.

그의 모습이 보이지 않기 때문이다. 그가 생각해 낸 방법은
사신 중에 주작을 불러내서 날개를 펼치게 하여 자신의 몸을
감싸도록 한 것이었다.

주작의 모습은 보이지 않기 때문에 그의 모습 역시 감쪽같
이 감춰주었다.

다만 가끔씩 주작의 모습이 햇빛에 반사되어 반짝이기는
하지만 크게 눈에 띌 정도는 아니었다.

절대십천의 내부는 철장신개와 대력신개에게 설명을 들었
던 것보다 훨씬 거대했으며 또한 복잡했기 때문에 그들의 설
명이 별 도움이 되지 못했다.

그래서 이곳에 처음 와보는 용비는 마치 미로를 헤매는 기
분이 들었다.

그는 창천부의 특징이라고 알고 있는 오층 전각 지붕에 창
룡 한 마리가 조각되어 있는 곳을 찾으면서 벌써 일 각 이상

돌아다니고 있는 중이다.

절대십천에는 오층 이상의 전각들이 부지기수라서 지붕에 조각된 창룡을 찾는 것이 쉽지 않았다.

숫—

결국 그는 허공으로 이십 장 이상 숫구쳐 올랐다. 주작이 높은 허공에서 가끔 반짝이면 사람들 눈에 띨 수도 있겠지만 시간을 허비하는 것이 안타까워서 어쩔 수 없었다.

그는 숫구치자마자 동쪽 끝자락 어느 전각의 지붕에서 창룡 조각을 발견하고 곧장 그곳으로 쏘아갔다. 지상에 내려오는 시간조차 아까웠다.

태천주 도담천은 절대십천 태천궁 깊은 곳에 그저 가만히 앉아 있었던 것만이 아니다.

그가 배운 무공의 뿌리는 부친 영무제 도선후의 가르침이지만, 그의 최고무공은 만절사신공이다.

이십여 년 전에 모친 옥소선을 사주하여 만절사신록을 손에 넣은 후에 그는 불철주야 노력하여 십여 년 만에 만절사신공을 최고 수준까지 완성했었다.

영무제의 절학과 만절사신공을 한 몸에 지닌 그는 명실상부한 이 시대 최고의 고수가 되었다.

하지만 그는 끊임없이 만절기황을 찾아내려고 천하 곳곳

으로 수하들을 보냈다.

두 가지 이유에서다. 자신이 터득한 만절사신공보다 더 고강한 무엇이 있을지도 모른다는 추측과, 고금제일고수인 만절기황을 찾아내서 죽여야지만 자신이 진정한 천하제일고수가 될 수 있기 때문이다.

그런 그가 항주에 만절기황의 제자가 있다는 사실을 알고 나서 가만히 있었을 리가 없다.

그 자신이 항주에 직접 가 보지는 않았으나 그는 할 수 있는 한 전력을 기울여서 만절기황의 제자, 즉 만능서생을 잡아들이려고 했었다.

정말 운 좋게 무공이 폐지된 만절기황마저도 손쉽게 절대십천으로 끌고 올 수 있었으므로 이제 남은 것은 만능서생 하나뿐이었다.

항주에서 절대십천 고수들이 만능서생에게 급습을 당하여 패퇴했었지만, 그렇다고 해서 도담천의 눈과 귀 역할을 해줄 사람이 전혀 없는 것은 아니었다.

항주에 있는 첩자가 만능서생 용비의 근황에 대해서 시시각각 정보를 보내오고 있다.

지금 도담천은 태천궁 자신의 집무실 창가 탁자에 앉아서 차를 마시며 딸 도영매에 대해서 생각하고 있다.

처음에는 와룡후가 골격이 뛰어나고 매우 장래성이 있어

보여서 그를 딸의 정혼자로 정했었다.

그런데 그가 만능서생을 잡으러 갔다가 오히려 당해서 추악한 몰골로 변해 돌아온 것을 보고는 그런 못난 놈에게 딸을 줄 수 없다고 즉시 마음을 바꾸고는 창천주 화소명에게 딸을 맡겼다.

'둘이 사랑하는 사이라면 용비라는 놈을 내 사위로 만들어도 괜찮겠군.'

무엇인가를 궁리하려던 것도 아니고 그저 망연한 상념에 잠겨 있던 그는 문득 그런 생각이 들었다.

사위는 아들이나 마찬가지인 반자지명(半子之名)이다. 용비가 변천주 와룡후를 그 지경으로 만들고 이어서 호천주마저도 죽일 정도의 실력이라면, 그놈을 사위로 삼아서 거두는 것도 괜찮은 방법이다.

만질기황이 다 늘그막에 제자로 삼았을 정도라면 용비는 보통 천재가 아닐 터이다.

더구나 천추문의 일개 하인 신분에서 일약 일 년 반 만에 천하를 떨어 울리는 만능서생이 되지 않았는가. 그 정도면 사위로서 충분하고도 넘친다. 도담천은 자신이 생각해 낸 방법에 만족한 미소를 지었다.

심복수하의 말에 의하면 딸 도영매가 용비의 아이를 임신했으며 화소명이 강제로 낙태시키기 위해서 애를 쓰고 있다고 했다.

“오영(烏影).”

문득 그가 조용히 중얼거리자 그 즉시 그의 옆에 하나의 시커먼 그림자가 나타났다.

그가 최고로 신임하고 있는 두 명의 심복수하 중 하나인 오영, 즉 까마귀그림자라는 별호의 여자다.

“영매는 어떻게 됐느냐?”

아래위 새카만 흑의경장을 입고 허리까지 이르는 긴 머리카락의 삼십대 초반 창백한 안색의 여자 오영이 꼿꼿한 자세로 입을 열었다.

“화소명이 영애(令愛:딸)에게 낙태를 시키는 독약을 먹였다고 합니다.”

“저런……”

도담천은 아차 하는 표정을 지었다. 그러나 그 정도로 실망하거나 포기하지는 않았다.

“그래서 어찌 됐느냐?”

“화소명이 나이 많은 하녀에게 영애의 낙태 여부를 확인시켰으나 낙태가 되지 않은 것으로 판명되었습니다.”

도담천은 고개를 끄떡였다.

“영매를 즉시 주천부로 보내라.”

“천명(天命).”

오영은 가볍게 고개를 숙이자마자 그 자리에서 스읏 하고 사라져버렸다.

도담천의 입가에 흐릿한 미소가 피어났다.

"도연훈과 영매라는 두 개의 미끼라면 만능서생을 손도 대지 않고 잡을 수 있겠군."

그런데 찻잔을 입에 대면서 창밖을 내다보던 도담천은 수백 장 거리의 허공 높은 곳에서 무엇인가 반짝이는 것을 발견했다.

단 한 차례 흐릿하게 반짝였을 뿐이고 그곳에는 새도 벌레도 날지 않았다.

그는 잠시 그곳을 뚫어지게 주시했으나 이상한 점을 발견하지 못했다.

그는 시선을 거두고 하녀에게 차를 더 따르라고 하여 다향을 음미하며 혼곤한 여유를 즐겼다.

"천주. 항주에서 비합전서가 도착했습니다."

일 각 쯤 후에 심복수하 중에 다른 한 명인 나우(羅羽)가 꼬깃꼬깃한 서찰을 잘 펴서 갖고 들어왔다.

만능서생 용비 삼월 오일 진시(아침 8시) 혼자 항주 출발. 목적지는 절대십천.

"이놈. 정말 오는군."

도담천은 적잖이 어이없다는 생각을 하면서도 혼자서 절대십천을 치겠다고 오고 있는 용비의 배짱이 적잖이 마음에 들었다.

어쩌면 그를 사윗감으로 거두어야겠다고 생각했기 때문에 그런 마음이 들었을 것이다.

"난리 피울 것 없다. 그놈이 뭘 어떻게 하는지 지켜보기나 하자."

"그런데……."

푸른색 단삼차림인 후리후리한 체구의 나우가 조심스럽게 말끝을 흐렸다.

"뭐냐?"

"만능서생이 항주를 출발한 이후 그의 흔적을 발견했다는 보고가 뒤따르지 않고 있습니다."

항주에서 산동성 제남 태산까지 삼천오백여 리는 절대십천의 세력권이다.

그 말은 만능서생의 일거수일투족이 절대십천의 손바닥 안에 있다는 뜻이다.

그런데도 항주를 출발한 그의 흔적이 일체 발견되지 않았다는 것은 뭔가 이상했다.

도담천은 조금 전에 창밖 멀리 허공에서 보았던 반짝거림이 조금 신경에 거슬렸다.

"비합전서가 얼마나 걸리느냐?"

"항주에서 이곳까지 이틀쯤 걸립니다."

인간의 경공술이 제아무리 빨라도 비둘기보다 빠를 수는 없는 노릇이다.

그렇다면 만능서생은 아직 항주를 출발하지 않았거나 비합전서를 보낸 자가 뭔가 착각한 것이 분명하다.

주작으로 몸을 감싸서 모습을 감추고 절대십천까지 오고 또 그 안에서 활동하는 동안 용비는 그 방법에서 조금 더 발전했다.

굳이 주작을 불러내지 않고서도 모습을 감추는 방법. 즉 주작의 기운인 삼라천신기만을 발췌하여 그것으로 자신의 주위에 호신막처럼 장막을 치는 고도의 수법을 생각해 냈다.

그리고 그것을 직접 사용해서 창천부로 잠입한 결과 은폐술이 주작 때보다 월등하다는 사실이 입증되었다.

추호의 반짝거림도 없이 그는 허실이 감금되어 있는 장소로 거침없이 전진했다.

창천부 내로 들어서자 그는 허실의 강한 영감이 자신을 이끌고 있는 것을 느꼈다.

그녀가 가까운 곳에 있기 때문에 그녀의 영감이 저절로 그를 이끄는 것이다.

화소명은 침상에 반듯한 자세로 베개를 베고 누워 있는 허실에게 다가가 왼손으로 그녀의 입과 턱을 한꺼번에 감싸듯이 거머쥐었다.

혈도가 제압되어 꼼짝도 못하고 말도 할 수 없는 허실은 눈을 부릅뜨고 화소명을 쏘아보았다.

허실이 눈빛을 무기로 삼을 수만 있다면 화소명의 몸뚱이는 이미 난도질을 당했을 것이다.

그가 손바닥을 펼쳐서 그녀의 양 뺨을 살짝 누르자 입이 뾰족하게 벌려졌다.

그 상태에서 그는 오른손에 쥐고 있는 마개가 열린 조그만 흑색 병을 그녀의 입으로 가져갔다.

그것은 처음에 그녀에게 먹였던 독약보다 몇 배나 더 강력한 것이다.

자칫하면 그녀를 페인으로 만들 수도 있는 위험이 따르지만 화소명은 개의치 않았다.

뱃속의 태아를 죽이지 못한다면 그녀가 살아 있을 가치가 없다고 여기기 때문이다.

"영매야. 내가 이러는데도 왜 태천주께서 묵인하는지 궁금하지 않느냐?"

화소명은 약병을 그녀의 입술에 대고 기울이며 독한 표정을 지었다.

"태천주께서 널 내게 주셨다."

그는 약병을 기울여서 그녀의 입술에 댄 채 하고 싶은 말을 했다.

지금이 아니면 혹시 이런 말을 할 기회가 없을지도 모르기 때문이다.

이 약병의 독약이 그만큼 독해서 그녀를 폐인으로 만든다고 해도 그는 그녀를 취할 것이다.

그녀가 죽지 않고 목숨만 붙어 있으면 그녀를 포기하지 않을 각오를 품고 있다.

그렇지만 그는 그녀에게 독약을 먹일 생각이다. 설사 그녀가 죽는 한이 있어도 그녀 뱃속에서 자라고 있는 용비라는 놈의 씨는 절대로 용서할 수가 없다.

"그보다 더 중요한 것은……."

그는 약병을 조금 더 기울였다. 독액이 흐르면서 허실의 입술에 닿자 붉은 입술이 치이… 하는 작은 소리를 내면서 검은색에 가까운 시퍼런 색으로 변색되었다.

화소명은 이 말만은 꼭 하고 싶었다.

"오래 전부터 널 사랑했었다. 진심으로."

하지만 절망에 빠져 있는 허실의 귀에는 그런 말이 들어오지 않았다.

눈동자가 아래로 향하여 약병의 독액이 자신의 입술을 태우고 있는 것을 보며 겁에 질려 있었다.

자신의 목숨 때문이 아니다. 목숨보다 더 소중한 용비의 핏줄, 뱃속의 아기가 죽을까 봐 피가 다 마르고 심장이 오그라들었다.

그때 갑자기 그녀의 얼굴에 환한 표정이 마치 꽃이 봉오리를 활짝 펼치면서 만개하듯이 가득 퍼졌다. 화소명 뒤쪽 저만치의 문이 소리 없이 열리는 것을 보고 용비가 왔음을 직감한 것이다.

아니, 굳이 그게 아니더라도 그녀는 용비의 기운을 강하게 느낄 수 있었다.

그때 그녀의 미소를 보고 화소명은 움찔했다. 그는 기울이던 손을 멈추고 그녀의 눈을 들여다보았다.

"왜 그러느냐?"

그는 허실의 눈동자가 자신의 뒤쪽 문을 향한 것을 발견하고 재빨리 고개를 돌렸다.

그런데 문이 활짝 열려 있었다. 하지만 실내에는 아무도 보이지 않았다.

화소명은 본능적으로 위기감을 느끼고 공력을 끌어올리면서 몸을 일으켰다.

슥—

그때 그의 오른손에 쥐어져 있던 약병이 슬쩍 빠져나가 그의 코앞 허공에 멈추었다.

그리고는 그가 어떻게 할 새도 없이 약병의 독액이 그의 얼굴에 뿌려졌다.

"헛!"

치이이…….

"으와앗!"

피할 겨를도 없이 독액은 그의 얼굴을 뒤덮었고 그와 동시에 얼굴이 타들어가자 화소명은 비명을 지르면서 엉겁결에 두 손으로 얼굴을 문질렀다.

하지만 그것이 더 화를 불렀다. 독액이 두 손에도 묻어 타들어갔으며 문지르는 바람에 독액이 얼굴 전체에 고루 퍼지면서 지글거렸다.

"크아아—!"

그는 이리저리 비틀거리면서 몸부림치며 처절하게 비명을 터뜨렸다.

얼굴이 타들어가는 극도의 고통 때문에 누군가 자신을 공격할지도 모른다는 사실마저도 잊어버렸다.

침상에 누워 있는 허실은 그 광경을 보면서 더없이 기쁜 표정으로 펑펑 눈물을 흘렸다.

아무것도 보이지 않지만 용비가 화소명을 저 지경으로 만들었다는 사실을 짐작하기 때문이다.

스으…….

그때 화소명 앞에 한 사람의 모습이 어둠을 밝히는 아침햇살처럼 은은한 광휘와 함께 나타났다.

용비다. 그를 발견한 허실은 더욱 눈물을 쏟으면서 온몸에 경련을 일으켰다.

너무나 반갑고 기쁜 나머지 혈도가 제압됐는데도 피가 끓고 뼈와 살이 환희에 몸부림을 치고 있다.

순간 허실은 혈도가 저절로 풀리고 몸이 스르르 일으켜지는 것을 느꼈다.

“용랑!”

그녀는 기쁨의 울음을 터뜨리면서 용비를 향해 나비처럼 몸을 날렸다.

그 순간 화소명이 번개같이 두 손을 휘저었다.

스파앗!

그의 양 손에서 발출된 무형강기가 도검보다 더 날카로운 편린(片鱗)으로 변해 허실이 쏘아가고 있는 앞쪽으로 파도처럼 쏟아졌다.

독액에 의해서 얼굴이 온통 타들어가고 있는 극도의 고통스러운 상황에서도 그는 용비가 실내에 들어왔을 것이라고 짐작하고 두 손에 공력을 모았었다.

그런 상황에서 허실이 갑자기 용비를 부르면서 한쪽 방향으로 몸을 날리자 그쪽을 향해 전력으로 무형강기를 발출한 것이다.

그런데 그것만이 아니다. 그는 공격을 퍼붓고는 즉시 뒤쪽 창을 향해 날렸다.

펵!

용비가 손을 저어 무수한 편린들을 한꺼번에 일소시키고 있을 때 화소명은 창을 박살 내고 밖으로 뛰쳐나갔다.

스읏—

그러나 용비는 왼팔로 허실의 가느다란 허리를 안고 즉시 부서진 창을 통해 쏘아 나갔다.

허공에 떠 있는 용비의 시선이 재빨리 화소명을 찾았으나 그의 모습은 어디에도 보이지 않았다.

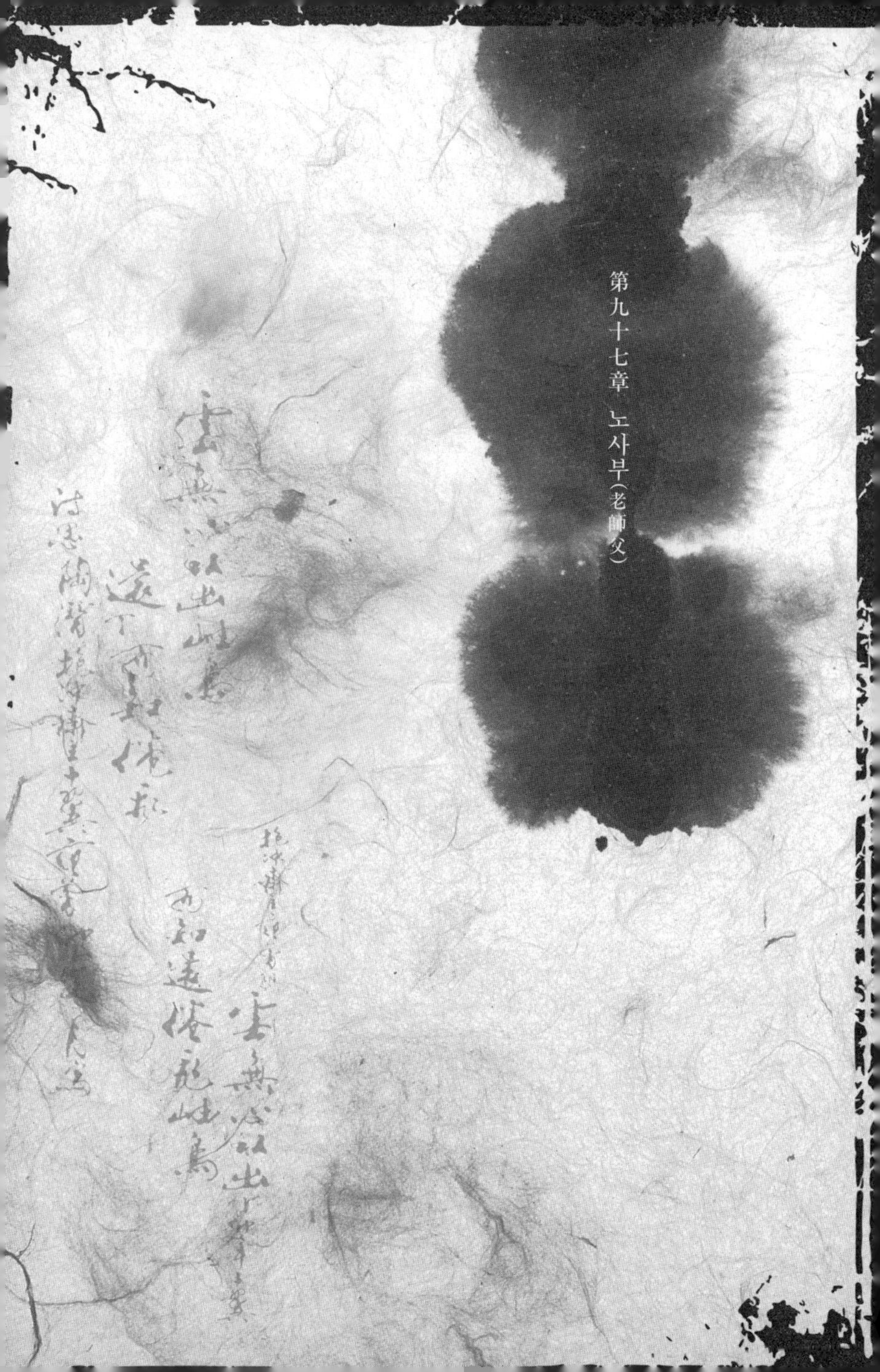

第九十七章 노사부(老師父)

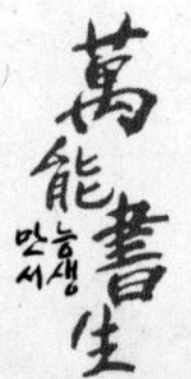

　그가 쏘아 나온 창은 오 층이다. 그의 발아래로 방금 부서진 창의 파편들이 흩어져 내리고 있었다.

　하지만 용비는 염려하지 않았다. 눈으로 보이지 않는다고 해서 화소명이 어디에 있는지 모르는 것이 아니다.

　파아앗!

　창을 뚫고 뛰쳐나갔던 화소명은 아래로 하강하는 체 하다가 전각의 벽에 찰싹 달라붙어 용비가 뒤따라 나오면 배후를 급습할 태세를 갖추고 있다가 조금 전의 공격보다 두 배 강력한 쌍장을 쪼개어냈다.

이 공격은 조금 전 실내에서 경황 중에 발출한 공격보다 두 배 이상 강력하다.

공력이 더 주입되었으며 무수한 편린이던 것을 한 줄기로 모아 용비의 등 한복판으로 쏘아냈기 때문이다.

더구나 화소명이 보기에 용비는 미처 대비하지 못하고 뒤늦게 뒤돌아서고 있었다.

그 광경을 보고 화소명은 자신의 회백색 눈부신 한 줄기 강기가 용비의 등을 관통할 것이라는 사실을 믿어 의심하지 않았다.

퍼어…….

과연 둔탁한 소리가 났다. 그런데 강기가 몸을 관통하는 귀에 익숙한 소리가 아니다.

물에 젖은 한 장의 종이를 손가락으로 힘없이 슬쩍 툭 건드린 듯한 소리다.

화소명은 용비의 몸에 적중된 강기가 수많은 편린으로 흩어지는 것을 보았다.

분명히 적중되지 않았는가. 그러나 그것은 착시다. 강기가 몸을 관통하면 편린 따위가 흩뿌려지지 않는다.

더구나 용비는 어느새 화소명 쪽을 향해서 완전히 돌아선 모습이다.

투두둑…….

그제야 창이 깨진 파편이 저 아래 바닥에 떨어지는 소리가 들렸다.

화소명은 독약 때문에 타들어간 문불사(蚊不死:곰보)보다 훨씬 추악한 일그러진 얼굴에 찌그러진 눈을 부릅뜨며 용비를 쏘아보다가 재차 벼락같이 쌍장을 뻗으며 악을 썼다.

"죽어랏!"

쿠아앗!

방금 전과 똑같은, 그러나 필사의 힘을 다 쏟아낸 강기가 폭발하듯이 뿜어졌다.

그런데 용비는 오히려 그를 향해 허공에 뜬 채 느릿하게 미끄러지듯 다가오고 있었다.

'저놈이……'

퍼어…….

그리고 화소명은 이번에는 똑똑히 봤다. 자신이 발출한 강기가 용비의 한 뼘쯤 앞에 터지면서 예의 물에 젖은 종이 한 장을 슬쩍 두드리는 소리가 흘러나오는 것을.

"빌어먹을……."

화소명은 용비가 자신의 몸 앞에 보이지 않는 무형의 호신막을 펼쳤다는 사실을 깨달았다.

원래 그의 강기는 호신막 따윈 종잇장처럼 뚫어버리는 위력이 있다.

그런데도 용비의 호신막을 뚫지 못했다. 아니, 그의 몸을 가볍게 흔들어놓지도 못했다. 거기에서 이미 두 사람의 수준 차이가 분명하게 나는 것이다.

그는 등을 벽에 붙인 채 분노와 절망감 때문에 추악한 얼굴을 더욱 추악하게 일그러뜨렸다.

찰나지간에 무수한 생각들이 머릿속에서 명멸했으나 눈앞의 용비를 죽일 방법이 하나도 생각나지 않았다. 그래서 속이 더 뒤집어졌다.

더구나 용비에게 안겨 있는 허실이 자신을 싸늘한 미소를 지으며 쏘아보고 있는 모습이 더욱 견디기 어려웠다.

조금 전까지만 해도 그녀 뱃속의 태아를 죽이려고 그녀 입에 독약을 들이부으려던 그였었다.

그런데 지금은 그 독약을 뒤집어써서 추악해진 얼굴로 죽음을 목전에 두고 있다는 사실 때문에 울화가 치밀어서 죽을 것만 같았다.

그의 눈에는 용비가 보이지 않았다. 허실의 입가에 매달려 있는 싸늘한 미소가 점점 더 득의한 미소로 변해가는 것을 지켜봐야만 한다는 사실 때문에 속이 뒤집어졌다.

더구나 그는 조금 전에 그녀에게 독약을 먹이려고 하면서 사랑을 고백했었다.

자신이 내뱉었던 그 말의 여운이 아직도 귓가에서 맴돌고 있어서 귀를 잘라버리고 싶을 지경이다.

그래도 이대로 주저앉을 수는 없다. 남은 것이 죽음뿐이라면 죽기 전에 마지막 발악이라도 해봐야 한다.

"신력(神力)……."

그는 어금니를 악물고 중얼거리면서 일 장 앞까지 접근한 용비를 향해 온몸으로 부딪쳐 갔다.

"비폭도(飛爆刀)—!"

목젖이 찢어져라 부르짖으면서 두 손을 머리 위로 올렸다가 벼락같이 그어 내리며 용비에게 돌진했다.

번쩍—!

그의 두 손에 쥐어진 것은 한 자루 푸른색으로 빛나는 커다란 무형도(無形刀)다. 무형강기로 만들어낸 도다.

또한 그것은 그가 두 번 전개했던 강기보다 최소한 절반 이상 강력하다.

뿐만 아니라 그는 젖 먹던 힘까지 쥐어짜내 온몸으로 부딪쳐 갔다.

무형도가 실패한다면 몸으로 부딪쳐서 호신막을 뚫을 것이고, 요행이 무형도가 호신막을 파훼한다면 그 역시 몸으로 용비와 부딪쳐서 자폭할 각오다.

이른바 동귀어진 필사의 각오인 것이다. 이것이 먹히지 않을 것이라고는 생각하지 않았다.

이번에 용비는 호신막을 치지 않았다. 그 대신 혼일강을 끌어올려 발출했다.

그러기 위해서 구태여 손을 뻗는다든가 하는 동작을 취하지도 않았다.

그냥 그의 몸에서 금빛의 빛줄기 하나가 커다란 화살처럼 번갯불의 속도로 뿜어졌다.

용비의 혼일강은 단단한 일 장 두께의 바위를 가루로 만들고 두 자 두께의 강철을 관통한다.

퍼어…….

그 혼일강이 무형도를 치켜들고 돌진하는 화소명의 가슴 한복판에 정통으로 적중됐다.

그러나 혼일강은 그의 가슴에 구멍을 뚫지도 몸을 부수지도 않았다.

더구나 화소명은 두 손의 무형도를 내리긋던 동작을 계속하고 있는 중이다.

하지만 그의 두 손에 쥐어져 있던 무형도는 온데간데없이 사라졌다.

또한 바로 코앞까지 다가온 용비의 가슴을 내리치던 그의 두 손이 간지럽게 건드렸다.

툭…….

"이런……."

　화소명의 참담하게 얼굴이 일그러졌다. 자신의 체내에서 공력이 송두리째 사라져서 한 움큼도 남아 있지 않다는 사실을 깨달은 것이다.

　방금 전에 그의 가슴에 적중된 혼일강은 그를 죽이는 대신에 더 비참하게 만들었다.

　혼일강의 기운이 살과 뼈를 뚫고 혈맥으로 침입하여 공력을 파훼해 버린 것이다.

　척!

　공력을 잃은 그의 몸이 아래로 추락하기 직전에 용비가 손을 뻗어 그의 목을 움켜잡고 부서진 창을 통해서 다시 방으로 빨려 들어갔다.

　설명은 길었으나 화소명이 창을 부수고 밖으로 뛰쳐나간 후에 다시 들어가기까지는 눈을 두어 번 깜빡거릴 정도의 짧은 시간에 불과했다.

　용비가 허리를 놔주자 허실은 즉시 창으로 다가가 밖의 아래쪽을 내려다보았다.

　창이 부서지고 두어 번 흐릿한 소리가 났기 때문에 그것을 듣고 그제야 여러 명의 창천부 고수가 몇 방향에서 쏘아오는 것이 보였다.

　허실은 그들에게 물러가라고 손짓을 해보였다. 구태여 말을 할 필요는 없다.

태천주의 무남독녀인 주천주, 그녀의 얼굴을 슬쩍 보여주는 것으로 무마될 것이다.

화소명은 이곳에 허실을 납치해 온 것을 비밀로 했을 것이기 때문이다.

과연 허실의 손짓을 본 고수들은 공손히 예를 취하고는 번개같이 사라졌다.

아마 평소에 화소명하고 친한 그녀가 놀러왔을 것이라고 생각했을 터이다.

그녀가 내다보고 있는 창 안쪽에서 자신들의 상전이 풍전등화의 위기에 처해 있다는 사실은 꿈에서조차 예상하지 못할 터이다.

용비가 목을 잡은 손을 놓자 화소명은 비틀거리다가 그 자리에 풀썩 주저앉았다.

"용랑……."

허실은 자신을 향해 돌아서서 온화한 미소를 짓는 용비에게 다가갔다.

"보고 싶었어요."

그런 말을 하면서 그녀는 환하게 웃으면서도 펑펑 눈물을 흘렸다.

용비는 두 팔을 활짝 벌렸다.

"사랑한다."

그가 누군가에게 사랑한다는 말을 하는 것은 처음이다.

"저는 그보다 더 사랑해요."

한두 번 그의 품에 안기는 것도 아닌데, 허실은 수줍은 소녀처럼 가만히 그의 품에 안겼고, 그는 소중한 그 무엇을 다루듯이 그녀를 부드럽게 감싸 안았다.

바닥에 주저앉아서 넋 잃은 표정을 짓고 있는 화소명은 용비와 허실이 뜨겁게 입맞춤하는 것을 바라보았다.

그런데도 그는 아무런 감정도 화도 나지 않았다. 감정을 일으킬 기운조차도 없기 때문이다.

그저 자신에게 일어나고 있는 이 일이 한바탕 악몽처럼 여겨질 뿐이다.

스으…….

그런데 그때 눈앞에서 입맞춤을 하고 있던 용비와 허실의 모습이 감쪽같이 사라져 버렸다.

화소명이 실내를 두리번거리고 있는데 잠시 후에 열린 문으로 검은 인영 하나가 미끄러지듯이 들어섰다.

그녀는 태천주 도담천으로부터 허실을 데려오라는 명령을 받고 온 오영이다.

화소명과 오영은 서로를 보고 똑같이 움찔 놀랐다. 화소명은 살아날 수 있다는 반가움에, 오영은 화소명의 추악한 몰골 때문이다.

"영애는 어디에 있소?"

"조심해! 침입자가 있다!"

오영과 화소명은 동시에 입을 열었다.

화소명은 용비와 허실의 모습이 갑자기 사라졌으나 필경 실내에 있다고 확신했다.

파아…….

그 순간 화소명은 눈을 부릅떴다. 자신의 경고를 들은 오영이 움찔 하면서 재빨리 몸을 돌리려는 찰나 하나의 금빛 선이 그녀의 목을 스치는 것을 발견했다.

화소명이 아는 바로는, 태천주의 심복수하 오영과 나우는 천주들보다 두 배 이상 고강하다.

그런데 그중에 한 명인 오영이 손 한 번 써보지 못하고 목이 잘린 것이다.

제아무리 절정고수라고 해도 보이지도 기척도 내지 않는 적이 공격하는 데는 속수무책일 수밖에 없다.

화소명이 그것을 경고하려 했지만 그런 것은 아무리 빨라도 늦게 마련이다.

휙!

오영은 자신의 목이 베어진 것을 모르는 듯 번개같이 몸을 돌리며 눈앞에 막 나타나고 있는 용비를 향해 오른손을 힘껏 뻗으며 자신이 가장 자랑하는 수법으로 공격을 퍼부으려고 했다.

그러나 그녀는 갑자기 실내가 확 뒤집어지면서 바닥이 천
정이 돼버리는 것을 느꼈다.

사실은 그녀의 목에서 머리가 스르르 떨어지며 분리되어
뒤로 떨어지고 있는 것인데 아직 숨이 붙어 있는 상태라서 그
런 것이다.

툭…….

오영의 머리는 바닥에 떨어져서 떼구르르 구르다가 화소
명 앞에 멈추었다.

그녀는 의아한 표정으로 눈을 깜빡이며 화소명을 쳐다보
면서 이게 도대체 어떻게 된 일인지 궁금하다는 듯한 표정을
지으며 무슨 말인가 하려고 입술을 달싹거렸으나 말이 되어
나오지는 않았다.

“저놈을 제 손으로 죽여도 되나요?”

허실이 화소명을 싸늘하게 쏘아보며 물을 때 오영은 눈을
동그랗게 뜬 채 숨이 끊어졌다.

그녀는 죽는 순간까지도 자신이 무엇 때문에 어쩌다가 죽
는 것인지를 몰랐다.

“어떻게 죽이고 싶으냐?”

허실은 입술을 잘근잘근 깨물었다.

“온몸을 잘디잘게 난도질하고 싶어요.”

화소명이 자신의 태아를 독약으로 죽이려고 했다는 사실을 생각하면 원한이 사무쳐서 그를 가장 잔인한 방법으로 죽이고 싶었다.

"여기 있다."

용비는 그녀에게 오른손을 내밀었으나 그의 손에는 아무 것도 없었다.

스으…….

그런데도 허실이 손을 내밀자 비로소 용비의 오른손에 금빛의 반투명한 무형검 한 자루가 나타났다. 삼라천신기로 만들어낸 무형검이었다.

허실이 무형검을 받아 쥐었으나 사라지지 않고 은은한 광채를 흩뿌렸다.

원래 정순하고 심후한 공력으로 만들어낸 무형의 물체는 자신의 손을 떠나면 사라지게 마련인데 용비의 무형검은 그렇지 않았다.

허실은 무형검을 쥐고 성큼 화소명에게 다가들었다.

"이놈아. 이런 일이 생길 것이라고는 추호도 예상하지 못했겠지?"

화소명은 두려워하지도 않았다. 정신이 나갔기 때문에 그저 멍한 표정으로 허실을 쳐다보고 있을 뿐이다. 죽이든 살리든 관심조차도 없다.

“네놈은 해충보다도 살 가치가 없는 놈이다.”

스파앗!

허실의 오른손에 쥐어진 무형검이 무수한 검화를 뿌리면서 화소명을 향해 쏘아갔다.

화소명은 그것을 보면서 실성한 사람처럼 히죽거리면서 웃었다.

“허허……”

태천주는 오래지 않아서 오영이 실종됐다는 사실을 알게 될 것이다.

그것은 그로 하여금 절대십천 내에서 모종의 일이 벌어지고 있다는 의심을 하게 만들 것이다.

그리고 이어서 절대십천 내에 팽팽한 긴장이 고조될 것이며, 대대적인 수색에 돌입할 것이 분명하다.

용비는 오영을 죽인 것이 조금 후회됐으나 그때 상황에는 그럴 수밖에 없었다.

그녀가 누군지도 몰랐으며 그녀를 내버려 두었다가는 더 큰 일이 벌어졌을 테니까 말이다.

어쨌든 일은 벌어졌다. 그러므로 오영의 실종이 태천주에게 알려지기 전에 사부 도연훈을 구하고 태천주와의 최후의 승부를 결해야만 한다.

그 싸움에서 용비는 전력을 다할 것이다. 태천주를 죽여야
지만 이 길고도 지루한 싸움이 끝나고 천하에 평화가 찾아올
것이다.

그뿐만 아니라 용비 역시 사랑하는 여자들과 가족의 품으
로 돌아가서 그들과 행복하게 살 수가 있다.

"네가 내 곁에서 있어서는 아무 도움이 못 된다."

도움이 아니라 오히려 피해를 주겠지만 용비는 부드럽게
허실을 다독였다.

"여기에서 꼼짝하지 말고 기다려라. 네가 안전하게 있어야
내가 마음 놓고 할 일을 할 수 있을 거야."

용비는 절대십천이 한눈에 내려다보이는 높은 산중턱 편
안한 곳에 그녀를 내려놓았다.

"알았어요. 그 대신 뽀뽀해 주세요."

예전의 애교 잘 부리는 허실로 돌아간 그녀는 입술을 뾰족
하게 내밀었다.

뜨거운 입맞춤 후에 허실은 용비의 품에 안겨서 간절하게
빌었다.

"부디 무사히 돌아오세요."

용비는 태천궁 내부에 대해서 허실에게 자세하게 설명을
들었다.

뿐만 아니라 사부 도연훈이 감금되어 있을만한 곳이 어딘지도 알게 되었다. 아무것도 모르는 상태보다는 어느 정도 짐작하고 잠입하는 것이 훨씬 유리하다는 것은 두 말할 필요가 없다.

거대한 규모의 절대십천 내에서도 태천궁은 가장 웅장하고 화려한 전각군으로 이루어져 있다.

허실의 말에 의하면 태천궁은 모두 구십삼 채의 전각이며, 구궁(九宮)과 팔십사괘(八十四卦)의 오묘한 진법에 의해서 배치되었다고 한다.

뿐만 아니라 태천주의 집무실과 거처는 더욱 오묘한 도교의 장치와 도법이 총망라되어 있다고 했다.

그러나 용비는 태천궁에 대해서 자세히 알게 된 이상 자신이 태천주를 찾아내는 일은 그다지 어렵지 않을 것이라고 낙관했다.

용비가 사부 도연훈과 옥소선이 감금되어 있는 방을 발견한 곳은 태천주의 거처인 천무전(天武殿)에서 서쪽으로 이백여 장 이상 멀리 떨어진 태천궁의 구석에 위치한 어느 전각이었다.

그 전각은 삼층이며 입구를 지키는 두 명의 고수가 전부일 정도로 경계가 허술했다.

그로 미루어 태천주는 무공이 완전히 폐지되어 보통사람
이나 다름이 없는 도연훈에 대해서 추호도 염려하고 있지 않
으며, 자신의 친어머니인 옥소선을 믿고 있기 때문에 이곳의
경계에 대해서는 신경 쓰지 않는 것이 분명했다.

그러나 태천주는 한 가지를 모르고, 아니, 짐작조차 하지
못하고 있었다.

이틀 전에 항주를 출발했다는 보고를 받은 만능서생 용비
가 이미 절대십천에 잠입하여 은밀하게 마음껏 휘젓고 다닌
다는 사실을.

만절기황 도연훈은 이곳에 온 이후 식사를 거의 하지 않았
기 때문에 피골이 상접한 형편없는 몰골이다.

아무리 좋은 요리를 갖다 줘도, 옥소선이 제발 먹으라고 애
원을 해도 거들떠보지 않았다.

그는 침상에 눕지도 않았을 뿐더러 바닥 한가운데 책상다
리를 하고 앉아서 꼼짝도 하지 않았다.

무공을 지니고 있다면 모를까 무공이 폐지되어 보통사람
이나 다름이 없는 몸으로 먹지도 자지도 않으며 그런 자세로
앉아 있는 것은 더할 수 없는 고통이다.

더구나 초절무공을 지니고 있다가 잃은 도연훈은 두 말 할
필요가 없다.

만약 옥소선이 며칠에 한 번씩이라도 도연훈의 혈도를 제압하여 강제로 죽이나 미음을 먹이고 또 자게 하지 않았다면 그는 이미 오래 전에 목숨을 잃었을 것이다.

옥소선은 매 끼니마다 강제로 먹이고 싶지만 그나마도 매일 그럴 수가 없는 형편이다. 한 번 그러고 나면 도연훈이 그녀를 더욱 증오하기 때문에 그것이 무서워서 자주 그럴 수가 없었다.

옥소선은 이곳에 온 이후 늘 도연훈 오른쪽 방구석에 그를 향해서 무릎을 꿇고 앉아서 지켜보고 있다.

자신이 섣부른 욕심으로 도연훈에게 해약이 없는 독약을 먹여서 무공을 잃게 만들었으며, 도담천에게 납치되어 이곳으로 끌려와 감금되었기 때문이다.

뿐만 아니라 한때나마 도연훈의 친동생인 도선후와 불장난을 한 죄는 죽어서도 용서받을 수가 없다.

그 모든 것이 자신의 죄라고 생각해서 무릎을 꿇고 도연훈에게 말없이 용서를 빌고 있는 것이다.

그녀는 차마 말로써 용서를 빌 염치가 없어서 한쪽 구석에 웅크리고 앉아 있을 뿐이다.

실내에 두 사람이 있지만 한 사람은 방 한가운데에 또 한 사람은 방구석에 각기 다른 자세로 앉아서 줄곧 침묵만 지키고 있었다.

옥소선은 도연훈에게 말을 붙일 용기가 나지 않아서 그저 하루 종일 소리 없이 눈물을 흘리면서 뉘우치고 또 뉘우칠 뿐이다.

도연훈은 이대로 죽기로 결심했다. 그래서 부디 옥소선이 혈도를 제압하여 억지로 음식을 먹이고 혼혈을 제압하여 자게 하지 말기를 바라고 있다.

하지만 그녀가 강제로 그러면 당해낼 수가 없다. 그래서 그가 할 수 있는 최대한의 방법, 즉 중오를 드러내고 무섭게 노려보는 것이 전부다.

그는 혼자서 일어서는 것도 힘겹기 때문에 그녀를 뿌리칠 수가 없는 것이다.

그런 점에서 봤을 때 어제 도담천의 폭로는 도연훈에게 외려 도움이 됐다.

크나큰 죄책감에 빠진 옥소선이 더 이상 그를 괴롭히지 않고 있으니까 말이다.

도담천이 용비를 협박하거나 회유할 담보로 도연훈을 살려둔다는 말이 그를 괴롭혔다.

제자에게 도움이 되지 못 할망정 피해를 입히게 되었으니 참담한 심정이다.

할 수만 있다면 용비가 이곳에 도착하기 전에 죽는 것이 그의 마지막 소원이다.

그렇게라도 해서 어린 제자에게 마지막 도움이 되고 싶은 간절한 심정이다.

그는 굳게 감고 있던 눈을 뜨고 천천히 주위를 둘러보다가 한 곳에 시선을 멈추었다.

뒤쪽 벽에 있는 창이다. 거리는 이 장 반쯤인데 그곳까지 가서 밖으로 뛰어내려 땅에 떨어지면 늙고 힘없는 목숨 하나 끊어지는 것은 간단할 것 같았다.

그러나 문제는 옥소선이다. 구석에 앉아 있지만 그를 물끄러미 응시하고 있다. 그에게서 잠시도 눈을 떼지 않고 있는 것이다.

만약 그가 어떻게 해서라도 창까지 가는 동안 그녀가 제 자리만 지켜준다면 창을 열고 뛰어내리는 것은 어려울 것 같지 않았다.

살만큼 살았으니 삶에 대한 미련은 없다. 다만 제자 용비를 한 번쯤 보지 못하는 것이 아쉬웠다.

결심을 굳힌 그는 몸을 일으켰다.

'우웃……'

너무 오래 앉아 있어서 하체가 굳었고 또 제대로 먹지 못해서 힘이 없어 머리가 핑 돌고 다리가 풀려서 단지 일어서는 것만으로도 혼절할 것만 같았다.

이를 악물고 터져 나오려는 신음을 삼키면서 간신히 일어서는데 성공했다.

그러고 나서 슬쩍 고개를 돌려보니까 웅크리고 있던 옥소선이 이쪽을 보면서 상체를 세우며 놀라는 표정을 짓고 있었다. 하지만 그는 무시하고 창 쪽으로 몸을 돌려 한 걸음씩 걸어갔다.

말라비틀어진 두 다리가 사시나무 떨 듯이 와들와들 떨어대는 바람에 앞으로 고꾸라질 것만 같았다.

힐끗 고개를 돌리자 옥소선이 일어서는 것이 보였다. 서둘러야 할 것 같았다

도연훈은 아무 말도 하지 않고 눈알이 뽑힐 것처럼 그녀를 있는 힘껏 쏘아보았다.

일어서려던 옥소선이 흠칫하며 그대로 주저앉는 것을 보면서 그는 계속 걸어가서 간신히 창에 도달했다.

척!

“휴우⋯⋯.”

창을 붙잡자 자신도 모르게 긴 한숨이 터져 나왔다. 그리고는 자신의 한숨 소리에 깜짝 놀랐다.

무공이 사라지니까 겁까지 많아진 모양이라서 쓴웃음이 목구멍을 간질거렸다.

끼이⋯⋯.

손에 힘을 주어 창을 밀어서 활짝 열었다. 신선한 바람이

불어와 그의 얼굴과 마음을 어루만져 주었다.

단지 그것만으로도 몸과 마음의 더러운 때가 씻겨 나가 정화되는 것 같았다.

단지 바람일 뿐인데 예전에는 바람이 이처럼 싱그럽고 좋은 것인 줄 몰랐었다.

사람들이 만들어내는 그 어떤 가식적인 행복이라는 것보다도 이 한 줄기 바람이 더 고맙고 정겨웠다.

생의 마지막 순간에 이런 상쾌한 기분을 선사해준 바람에게 감사했다.

이윽고 그는 한 차례 크게 심호흡을 한 후에 뒤로 세 걸음 천천히 물러섰다.

그래야지만 창을 향해서 걸어가다가 허리가 창틀에 걸릴 때 그 반동에 의해서 상체를 앞으로 기울이면 그대로 창밖으로 튀어 나갈 것이라는 계획이다.

다시 한 번 옥소선을 돌아보았다. 죽기 전에 그녀를 마지막으로 보겠다는 알팍한 감정 따위가 아니다. 오히려 저승으로 가는 길에 그녀의 모습이 조금이라도 각인되어 있을까 겁이 날 정도다.

그녀에겐 추호의 미련 같은 것이 없다. 뭘 하고 있는지 내가 이곳에서 뛰어내리는 동안에 그녀가 몸을 날려서 붙잡을 수 있는지 확인하려는 것뿐이다.

획—

순간 도연훈은 창을 향해 전력을 다해서 부딪쳐 갔다.

“무슨⋯⋯.”

뒤에서 옥소선의 의아한 목소리가 들렸다.

턱!

계획했던 대로 그의 허리가 창틀에 걸렸다가 상체가 창밖으로 확 꺾이며 튀어 나갔다.

그리고는 몸이 허공에 둥실 뜨는가 싶더니 쏜살같이 아래로 내리꽂혔다.

‘됐다⋯⋯.’

어린 제자를 향한 늙은 사부의 처절한 미소가 입가에 피어올랐다.

‘악!’

옥소선은 도연훈의 모습이 창밖으로 사라지는 것을 눈으로 뻔히 보면서 너무 놀란 나머지 비명이 입 밖으로 나오지도 않았다.

그녀는 망연자실했다. 즉시 창밖으로 튀어 나가서 그를 붙잡아야 한다는 생각보다는 경악이 더 컸다.

그리고 그녀는 뒤늦게 미친 듯이 창을 향해 죽을힘을 다해서 몸을 날렸다.

스웃⋯⋯.

"앗!"

그러나 그녀가 창에 이르렀을 때 하나의 커다란 물체가 밖에서 안으로 창을 통해서 불쑥 들어오는 바람에 기겁을 하며 몸을 피했다.

하나의 물체, 즉 용비는 도연훈을 조심스럽게 품에 안은 채 창을 등지고 새털처럼 가볍게 실내의 바닥에 내려섰다.

품속에 안긴 도연훈은 크게 놀라는 표정이었으나 곧 자신을 안고 있는 사람이 용비라는 사실을 깨달았다. 그리고 그는 예전보다 많이 변한 용비의 늠름한 모습을 올려다보며 눈물을 글썽였다.

"비야… 네가 정녕 용비더냐……?"

"사부님."

용비는 가슴이 뭉클했다. 일 년 반 전에 홀연히 떠난 사부를 이렇게 다시 만나니 감개무량해서 가슴이 저렸다.

때마침 용비는 전각 뒤쪽 창으로 잠입을 하려고 위로 솟구치다가 위에서 추락하고 있는 도연훈을 발견하고 무작정 그를 안았다.

계피학발(鷄皮鶴髮). 볼품없는 노인의 모습은 예전 용비가 존경해마지않았던 사부의 모습하고는 천양지차였다. 하지만 그는 한눈에 사부를 알아보았다.

옥소선의 제자 서린에게 도연훈이 어떤 모습으로 변했는

지 들었기 때문이다.

용비는 도연훈이 추락하는 광경을 보는 순간 어떻게 된 일인지 짐작할 수 있었다.

그가 스스로 창밖으로 몸을 던지지 않는 한 도담천이나 옥소선이 그럴 리는 없다.

스스로 죽으려고 했다면 그 이유는 하나뿐일 것이다. 살아서 용비에게 짐이 되지 않으려는 것이다.

사부의 그런 애틋한 심정을 읽은 용비는 가슴 저 밑바닥에서 뜨거운 것이 치밀어 올라 눈시울이 뜨거워졌다.

"제자가 늦었습니다. 용서하십시오."

"아니다. 애야."

도연훈은 쭈글쭈글한 얼굴에 자상한 미소를 지으며 수수깡 같은 손을 들어 용비의 뺨을 어루만졌다.

노사부의 초점 없는 눈에도 눈물이 고였다가 주름진 뺨을 타고 흘러내렸다.

옥소선은 용비를 보는 순간 그가 누군지 그리고 어떻게 된 일인지 알아차렸다.

도연훈의 제자가 그를 구한 것이다. 그래서 그녀는 안도의 표정으로 가슴을 쓸어내렸다.

용비가 무엇 때문에 절대십천에 나타났는지는 모르겠지만 그저 도연훈을 구했다는 사실이 너무도 고마울 뿐이어서 그녀는 한옆에 서서 소리 없이 울기만 했다.

"사부님. 제가 모시겠습니다."

"오냐."

용비의 말에 도연훈은 빙그레 미소를 지었다. 그는 어린 제자 용비가 얼마나 대견한지 모른다.

그가 자신을 구하러 와주어서가 아니라 그의 늠름하게 성장한 모습과 사지나 마찬가지인 절대십천 안에까지 늙은 자신을 구하러 와주었다는 당당함 때문이다.

또한 그가 자신의 제자라는 사실이 너무도 자랑스러웠다. 그래서 그는 언제 죽어도 여한이 없는 것이다.

용비는 옥소선에게는 눈길조차 주지 않았다. 얼핏 보았을 때 그녀가 사부의 부인 옥소선이라는 사실을 짐작했으나 그녀에게 예를 갖추는 것은 물론이고 눈길을 주는 것조차도 싫었다.

사부를 이 지경으로 만든 그녀를 일장에 쳐 죽이지 않는 것을 다행으로 여겨야 할 것이다.

"여보……."

용비가 창 쪽으로 몸을 돌리자 옥소선이 한 걸음 다가서며 손을 뻗었다.

도연훈은 옥소선을 쳐다보지도 않고 용비를 재촉했다.

"가자."

용비는 즉시 창밖으로 신형을 날렸다.

"여보!"

옥소선이 급히 창가로 달려가서 내다보았으나 용비와 도
연훈의 모습은 씻은 듯이 보이지 않았다.

第九十八章　남벌(南伐)

용비가 도연훈을 안고 돌아왔을 때 허실은 아까 용비가 떠
날 때 그 자리에 얌전하게 앉아서 기다리고 있다가 기쁜 표정
을 지었다.

"사부님께 인사드립니다."

용비가 도연훈을 내려놓기도 전에 허실은 넉살좋게 넙죽
큰절을 올렸다.

용비가 도연훈을 조심스레 푹신한 풀 위에 내려놓고 있을
때 허실은 절을 한 자세에서 고개를 들고 말끄러미 도연훈을
바라보았다.

"너는 누구냐?"

"네. 용비의 아내입니다."

"허허허……."

허실의 당돌함에 도연훈은 흡족하게 웃었다. 얼마 만에 이렇게 소탈하게 웃어보는지 모르겠다. 예전에도 용비와 함께 있으면 언제나 즐거웠었다.

도연훈은 만능서생 용비에 대한 소문을 들었을 때 그에게 아름다운 아내가 두 명이나 있다는 사실을 알게 되었다. 물론 그녀들이 천추문 소문주인 한정과 검귀 수진랑이라는 것도 알았다.

그는 한정을 제자로 거두지는 않았으나 이것저것 여러 가지를 가르쳤기 때문에 그녀를 잘 알고 있다. 그래서 지금 절을 하고 있는 소녀가 한 번도 본 적이 없는 수진랑일 것이라고 생각했다.

"네가 수진랑이로구나."

"아뇨. 허실입니다. 본명은 도영매고요."

"허실? 도영매?"

두 이름 다 도연훈을 조금 놀라게 만들었다. 허실이라는 이름도 그렇고, 도영매가 '도 씨' 라는 것 또한 그렇다.

"네 아버지가 누구냐?"

"도담천입니다."

천하가 질타하는 절대십천 태천주이고, 아비를 배신하고
능욕한 불효자 도담천이지만 허실은 도연훈 앞에서 주저하거
나 얼버무리지 않았다.

"네가?"

"네. 소녀의 아버지는 절대십천의 태천주 도담천입니다.
그리고 사부님의……."

"아니다."

"……."

허실은 도연훈의 냉엄한 얼굴을 의아한 듯 바라보았다.

"그놈은 내 아들이 아니라 도선후의 아들이다."

"아버지가 사조(師祖)의 아들이라니……."

"놈이 내게 실토했다. 제 아비가 내 동생 도선후라
고……."

"아……."

"그리고 네 아비는 도담천이 아니다."

"네?"

용비와 허실은 어리둥절한 표정을 지었다. 허실이 도담천
의 딸이 아니라니 무슨 뚱딴지같은 말인가.

허실은 너무 놀란 나머지 상체를 일으켜 눈을 동그랗게 뜨
고 도연훈을 바라보았다.

하지만 그게 사실이냐고, 그렇다면 친아버지가 누구냐고

겁이 나서 묻지 못했다.

"소선이 말해 주었다."

도담천이 사실을 폭로하고 돌아간 이후에 옥소선은 자포자기한 마음으로 이것저것 이야기하다가 허실에 대한 것도 말해 주었다.

그때는 그냥 귓등으로 흘려서 들었는데 그녀가 용비의 여자일 줄은 몰랐었다.

"너는 도 씨가 아니라 유 씨다. 네 아버지는 도담천에게 죽은 유승원(劉承原)이라는 무림의 절정고수였다고 하더군."

허실은 믿을 수 없다는 표정을 지었으나 도연훈이 거짓말을 할 리가 없다.

"십팔 년 전에 유승원이 너를 업고 어딜 다녀오다가 도담천을 만나 죽음을 당했었는데, 자식이 없는 도담천이 너를 데려다가 키웠다고 하더구나."

"그런 일이……."

아버지라고 믿고 있던 사람이 오히려 친부를 죽인 원수였다니 쉽게 믿어지지 않았다.

허실은 머리가 혼란스러웠지만 새로 알게 된 이 사실이 얼마나 다행스러운지 모른다.

잠시 침묵이 흐른 후에 그녀는 조심스럽게 물었다.

"사부님께선 유승원이 누군지 아세요?"

친아버지가 누군지 궁금한 것은 인지상정이다.

도연훈은 생각에 잠긴 듯 고개를 끄떡였다.

"내가 알기론 유승원이 회남(淮南)의 명문대파인 조양문(朝陽門)의 문주일 것이다. 유승원이 죽은 이후 가문이 쇠락하기는 했으나 아직 그곳의 패자로서 군림하고 있을 터이니 너는 어렵지 않게 그곳을 찾을 수 있을 것이다."

회남은 안휘성 회하(淮河)라는 거대한 강의 남쪽을 이르며 안휘성의 성도인 합비(合肥)도 회하지역에 속한다.

"아아……."

허실은 기쁨의 눈물을 흘렸다. 악마나 다름없는 도담천이 친아버지가 아니라는 사실만으로도 기쁜 일인데 하물며 자신에게 새로운 가문이 있다니 기쁨이 두 배가 되었다.

그녀는 눈물을 방울방울 흘리면서 기쁜 얼굴로 용비를 바라보았다.

"그럼 제 이름은 도영매가 아니에요."

"그렇지."

"그 이름이 끔찍하게 싫었어요."

용비는 더 이상 지체할 수가 없음을 깨달았다. 그러나 다시 절대십천으로 가기 전에 할 일이 하나 있다.

"사부님. 당하신 독의 느낌이 어떤지 말씀해 주십시오."

도연훈은 제자의 의도를 알고 빙그레 미소 지었다.

“나는 괜찮다. 걱정하지 말고 어서 네 할 일이나 해라.”

용비는 사부가 무공을 회복하는 것에 대해서는 이미 체념했음을 깨달았다.

그렇기 때문에 그는 더더욱 사부를 치료해주고 싶었다. 천추문 숙객당에서의 의젓하고 건강한 모습을 다시 보고 싶은 것이다.

“제자가 잠시 살펴보겠습니다.”

그는 불쑥 손을 내밀어 사부의 손목을 잡았다. 도연훈은 제자의 마음을 잘 알기에 그가 괜한 수고를 한다고 생각하면서도 그를 실망시키지 않으려고 가만히 있었다.

도연훈은 독에 중독된 이후 어떻게 손을 써볼 방법이 전혀 없었다.

무공이 조금이라도 남아 있으면 몇 가지 방법을 써볼 수 있겠지만, 아예 평범한 상태가 돼버렸기 때문에 어쩔 도리가 없었던 것이다.

용비는 그다지 어렵지 않게 현재 도연훈의 상태를 알아낼 수 있었다.

도연훈 체내 혈맥 속에서 피와 함께 섞여 몸 전체를 흐르고 있는 것은 독이 아니었다.

그것은 중수(重水)라고 하는 액체인데 물 한 방울이 거대한 바위를 부술 정도로 가공할 압력을 지니고 있다.

또한 중수는 겉으로 보기에도 그리고 맛으로도 일반 물과
전혀 차이가 없다는 특징을 지니고 있어서 아무리 초절고수
라고 해도 식별해 낼 재간이 없다.

그러므로 일단 중수가 체내에 유입되면 그것으로 끝이라
고 할 수 있다.

중수가 피와 섞여서 체내를 회전하고 있는데 어떻게 공력
을 사용할 수 있겠는가.

용비는 도연훈의 체내에 삼라천신기를 주입하여 피와 섞
여 있는 중수를 뽑아내어 한 곳으로 몰았다.

일반적인 공력으로 하면 절대로 중수를 뽑아낼 수가 없다.
즉 그 말은 한번 중수가 체내에 유입되면 그 누구도 몰아낼
수 없다는 뜻이다.

"사부님."

용비는 도연훈 손목에서 손을 떼면서 조용히 그를 불렀다.

도연훈은 용비로서도 방법이 없어서 손을 뗀 것이라 여기
고 빙그레 미소 지었다.

"비야. 나는 괜찮……."

도연훈은 말을 하다 멈추고 목에 가시가 걸린 것 같은 표정
을 지었다.

확!

그때 용비가 재빨리 도연훈 앞에 앉아 있는 허실의 어깨를

잡아 자신의 옆으로 끌어당겼다.

"우왁!"

그때 도연훈이 뭔가를 토해냈다. 그것은 차 반 잔 정도의 액체인데 화살처럼 전방을 향해 뿜어졌다.

퍼퍼퍼퍽!

순간 액체가 뿜어진 곳의 그리 크지 않은 바위와 나무 등이 둔탁한 음향을 내면서 찌그러졌다.

엄청난 압력에 의해서 쪼그라들어 바위는 자갈 크기로, 나무는 이쑤시개처럼 변했다.

허실은 그 광경을 보고 크게 놀라 눈이 동그래졌다.

박식한 도연훈은 그것을 보고 어떻게 된 일인지 즉시 알아차렸다.

"중수였느냐?"

"네. 사부님."

허실은 놀란 표정을 지으며 도연훈을 쳐다보았다.

"그럼 사부님을 중독시킨 것이 중수……. 앗!"

그녀는 갑자기 소스라치게 놀라 비명을 질렀다. 도연훈의 모습이 멋들어진 중년인으로 돌변했기 때문이다.

그것은 예전 천추문 숙객당 시절의 용비가 늘 그리워하던 그 모습이었다.

"허허……."

도연훈은 자신의 얼굴을 만져보면서 더할 수 없이 흡족한 미소를 지었다.

어린 제자가 자신을 치료해 줄 줄은 꿈에도 예상하지 못했었기에 놀랍고도 대견했다.

"중수라면 일반 무공으로는 어쩔 수 없는 것인데 어떻게 한 것이냐?"

용비는 공손히 대답했다.

"삼라천신기를 사용했습니다."

"삼라천신기가 무엇이냐?"

용비는 겸연쩍은 표정을 지었다.

"만절사신이 우주와 삼라만상 중에서 차지하고 있는 기운입니다. 각기 이십팔숙을 지니고 있는데 방금 전에는 현무의 이십팔숙의 기운을 사용했습니다."

용비가 자신을 치료했을 때에도 그다지 놀라지 않았던 도연훈이지만 이번만큼은 제대로 놀랐다.

"설마… 만절사신공의 오의를 깨우친 것이냐?"

"운이 좋았습니다."

"허헛! 이 녀석!"

도연훈은 너무 기뻐서 입이 찢어질 것만 같았다.

용비는 허실에게 당부했다.

“실아. 사부님 잘 모시고 있어라.”

“용랑. 우린 좋은 곳에 가 있을 게요.”

“어디?”

허실은 대답 대신 도연훈에게 애교를 부리듯 물었다.

“사부님. 술 좋아하세요?”

도연훈은 벙긋 미소 지었다.

“좋아하다 뿐이겠느냐?”

“무슨 술이요?”

“그야 술 하면 화주지.”

“와앗!”

허실은 손뼉을 치며 좋아했다.

“어디 한적한 곳에서 사부님과 맛있는 요리에 화주를 마시고 있을 테니까 용랑은 그곳으로 오세요.”

그녀는 용랑이 뭐라고 하기도 전에 도연훈의 손을 잡고 산 아래로 번개같이 쏘아 내려갔다.

＊　　　＊　　　＊

도담천은 비로소 현실에 직면했다.

자신의 심복수하 중 한 명인 오영이 목이 잘린 채로 화소명의 창천부 어느 전각 삼 층에서 발견됐다는 보고를 제일 먼저 받았다.

　그는 또한 오영의 시체 옆에서 수십 조각의 고깃덩이를 발견했는데 자세히 살펴본 결과 그것이 화소명이라는 사실을 알게 되었다.

　그는 오영과 화소명을 죽인 것이 만능서생 용비의 짓이라고 직감했다.

　그런데 그 순간 번뜩 떠오르는 것이 있어서 도연훈을 가둬놓은 곳으로 한달음에 달려갔다.

　"어머니! 어떻게 된 겁니까?"

　옥소선 혼자 방구석에 무릎을 꿇고 앉아서 눈물을 흘리고 있는 것을 발견한 도담천은 안색이 홱 변하며 물었다.

　그러나 옥소선은 그를 한 번 일별하더니 시선을 거두고 나서 아무 말도 하지 않았다.

　"어머니!"

　도담천의 언성이 높아졌으나 옥소선의 입을 열게 하지는 못했다.

　그녀가 함구하고 있어도 도담천은 용비라는 놈이 도연훈을 데려갔을 것이라고 짐작했다.

　용비 아니고는 그럴 사람이 없다. 그가 오영과 화소명을 죽이고는 허실과 도연훈마저 구해갔다.

그는 와락 인상을 쓰고 옥소선을 노려보았다.

"어머니는 보고만 계셨습니까?"

옥소선은 천천히 고개를 들더니 싸늘한 표정으로 그를 쳐다보았다.

"네 아버지는 스스로 목숨을 끊으려고 창밖으로 뛰어내리셨는데 그 아이가 구해갔다. 그걸 보면서 내가 어떻게 했어야 하느냐?"

도연훈이 목숨을 끊으려고 했다는 것은 적잖이 충격이다. 하지만 가만히 생각해보면 그에게는 그 길밖에 없었을 것이라는 생각이 이제야 들었다.

"이 한 마디를 너에게 꼭 하고 싶었다."

도담천은 굳은 얼굴로 옥소선을 주시했다.

"내가 한때 시동생하고 불장난을 했었으나 내가 낳은 아들이 누구의 핏줄인지 정도는 알고 있다."

문득 도담천은 불길한 느낌이 들었다.

"설마……."

"도연훈이 네 아버지다."

"무슨 말도 안 되는……."

도담천의 얼굴이 와락 일그러졌다. 그는 아버지라고 믿고 있는 도선후에게 내막을 직접 들었었다. 그래서 어렸을 때부터 그를 아버지라고 믿고 따랐으며 도연훈에게는 한 치의 정도 없었다.

그랬었기에 그토록 온갖 악행에 패륜아로 굴면서 겉돌았던 것이다.

하지만 임신 사실은 남자보다는 여자가 더 분명하게 알고 있는 법이다. 한때 형수와 정분이 났었던 도선후보다는 옥소선이 더 잘 알 터이다.

도담천은 창밖을 내다보면서 망연자실한 표정을 지었다. 그게 사실이라면 그는 천하에 둘도 없는 패륜아인 것이다.

펙!

그때 등 뒤에서 둔탁한 소리가 들려 급히 돌아보던 그는 온몸이 얼어붙었다.

옥소선이 주먹으로 자신의 머리를 쳐서 머리가 산산이 깨져 피와 뇌수가 허공으로 뿌려지고 있었다.

"어머니-!"

도담천은 피를 토하듯이 옥소선에게 달려갔다. 그는 얼굴이 피범벅이 된 그녀를 부둥켜안고 정신이 나간 것처럼 울부짖었다.

"어머니! 이게 무슨 짓입니까?"

옥소선은 흐르는 피가 눈꺼풀을 무겁게 짓누르는 것을 느끼며 반쯤 감긴 눈으로 도담천을 바라보았다.

"너를 꾸짖을 방법이 이것밖에는 없구나……."

"무슨 말입니까? 제가 뭘 잘못하면 그냥 꾸짖고 혼을 내시지 않고요!"

옥소선의 얼굴에 씁쓸한 표정이 떠올랐다.

"너를 혼냈다가는 네 손에 죽을 것 같았다. 죽는 것은 조금도 겁나지 않지만… 네가 어미를 죽인 패륜아가 되는 것은 막아야 하겠기에……."

도담천은 머릿속이 새하얘졌다. 옥소선은 그렇게까지 생각하고 있었던 것이다.

아들을 꾸짖으면 그 아들 손에 맞아죽을 것이라고, 그처럼 아들을 막무가내 천인공노할 놈으로 여겼던 것이다.

도담천이 걷잡을 수 없는 분노와 충격, 슬픔에 휩싸여서 온몸을 떨고 있을 때 옥소선은 한 많은 생을 마감하고는 패륜아의 품에 얼굴을 묻었다.

*　　*　　*

삼라천신기로 모습을 보이지 않게 한 용비는 절대십천 담을 넘으려다가 잠시 멈추었다.

'이게 아니다.'

태천주는 지금쯤 절대십천 내에서 무슨 일이 벌어졌는지 파악을 했을 것이다.

그렇다면 그는 용비가 목적한 것을 얻었기 때문에 딸 도영
매와 도연훈을 데리고 지금쯤 항주로 도망치고 있을 것이라
고 추측할 터이다.

심복수하 오영이 죽고 창천주 화소명도 죽었으며, 도연훈
과 허실을 구해서 도망친 용비를 태천주는 절대로 용서하지
않을 것이다.

'그렇다면 그가 직접 추격에 나설 것이다.'

태천주는 지금까지 절대십천에서 나온 경우가 거의 없다
고 알려져 있다.

하지만 이번만큼을 다를 것이라고 용비는 생각, 아니, 확신
했다. 태천주의 성격에 대해서는 잘 모르지만 역지사지(易地
思之). 입장이 바뀌었다면 용비는 그럴 것이다.

이것은 중요한 결정이다. 이 결정으로 일이 많이 어려워질
수도 있다.

하지만 그는 이미 결정을 내렸다. 태천주가 절대십천을 나
오는 쪽으로.

용비의 생각은 절반만 맞았다.

용비 예측대로 태천주는 절대십천을 나오기는 했는데 혼
자나 소수정예만 이끌고 나온 것이 아니다.

놀랍게도 그는 절대십천의 전 고수를 이끌고 태산을 출발

하여 항주를 향해서 남하하고 있는 중이다.

절대십천은 일령인 천주들부터 십령까지 도합 만오천여 고수들을 보유하고 있다.

가장 약한 십령이라고 해도 강호에선 초일류급 고수다. 그들 삼사십 명이면 웬만한 중소 방, 문파 하나를 초토화시킬 수 있을 정도다.

태천주는 서두르지 않았다. 절대십천 고수 만오천여 명이 남하하고 있는 후미에서 여섯 명의 천주와 심복수하 나우를 대동한 채 말을 몰아서 가고 있다.

서두르지 않는 데에는 이유가 있다. 용비가 갈 곳은 항주밖에 없을 테니까 이번 기회에 아예 항주를 풀 한 포기 남기지 않고 깡그리 쓸어버릴 생각이다.

태천주 뒤쪽에는 특별한 인물이 따라오고 있다. 그 사람은 네 마리 말이 끄는 한 대의 화려한 마차 안에서 편안하게 술을 마시고 있는데 바로 영무제 도선후다.

태천주는 지금까지 도선후가 자신의 아버지라고 믿으면서 살아왔었다.

그러나 옥소선은 그에게 진실을 말해주고 스스로 목숨을 끊었다. 그런데도 태천주는 그 사실을 도선후에게 말하지 않았으며, 옥소선이 자결했다는 사실도 알리지 않았다. 그럴 필요를 느끼지 못했기 때문이다.

태천주는 예전에 자신에게 충성을 맹세했던 천하무림의 수많은 방, 문파가 등을 돌렸다는 사실을 알고 있다.

또한 그들 중에 구파일방을 비롯하여 꽤 많은 방, 문파와 고수들이 적으로 돌아서 항주로 찾아가 여의신벌 휘하로 들어갔거나 손을 잡았다는 사실도 이미 꿰뚫고 있다.

그래서 태천주는 이번 기회에 천하무림을 다시 한 번 평정할 계획이다.

그는 항주를 시작으로 차근차근 무림을 짓밟고 초토화시키면서 죽어가는 자들에게 만능서생 용비를 원망하라고 웃으면서 말해줄 생각이다.

앞으로 벌어질 거대한 재앙의 빌미를 만들어준 것이 만능서생 용비라고 말이다.

그러면서 용비가 아니었다면 천하무림은 지금처럼 평온했을 것이라고 덧붙여 줄 것이다.

용비는 주작을 타고 지상에서 수백 장 높이 창공에 떠서 태천주와 만오천여 절대십천 고수들을 내려다보고 있다.

그는 일이 이렇게 커질 줄은 전혀 예상하지 못했다. 과연 태천주는 그가 만만하게 여길 인물이 아니었다. 완벽하게 허를 찔렀다.

만약 이대로 태천주가 남하한다면 항주에서는 전무후무한

전쟁이 벌어질 것이다.

그리고 항주와 절강무림은 초토화되고 말 것이다. 여의신벌과 구파일방 등 많은 고수가 항주에 운집해 있지만 절대십천의 적수는 되지 못할 것이다.

타초경사(打草驚蛇)다. 섣불리 풀을 건드려서 독사를 놀라게 만든 격이다.

용비가 보기에 태천주는 전혀 서두르지 않고 있다. 서둘 이유가 없는 것이다.

항주가 어디로 도망가는 것도 아니고, 여의신벌이 해체될 것도 아니기 때문이다.

싸움은 서두르는 자가 패하게 마련이다. 반대로 이렇게 느긋한 자들은 힘과 능력, 그리고 여유가 있다. 느긋할 때에는 그만한 이유가 있는 것이다.

용비는 밤이 되기를 기다리기로 했다. 태천주가 이동 중이기 때문에 정확한 계획을 세우기가 어렵다.

이럴 때는 그때그때 상황을 봐서 임기응변으로 대처할 수밖에 없을 듯하다.

第九十九章 태천주의 위엄

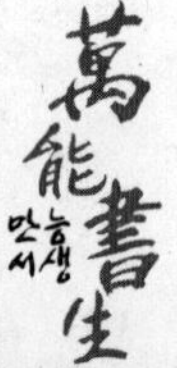

　절대십천의 고수들은 날이 어둡기 전에 사수현(泗水縣)이
라는 곳에 이르렀다.

　용비가 기대했던 대로 태천주는 여섯 명의 천주와 영무제
도선후만 데리고 사수현으로 들어가 어느 장원에 거처를 정
했다.

　그리고 절대십천의 전체 고수들은 사수현 동쪽을 흐르고
있는 사수 강변에서 노숙을 했다.

　그들은 평소에 노숙에 대한 훈련을 잘 했는지 강변 평원에
각자 자리를 잡고는 일사불란하게 기름을 먹인 종이를 펼쳐

서 아담한 움막을 쳤다.

그 움막을 거두어 접으면 서책 한 권 정도의 부피이며 무게
도 그 정도밖에 나가지 않는다.

움막 하나에는 소조(小組)를 이룬 다섯 명의 고수가 잠을
잘 것이고, 그들은 움막을 치고 난 후에 각자 메고 있는 작은
바랑에서 마른 음식과 물을 꺼내서 저녁식사를 하고는 휴식
을 취했다.

사수현의 어느 주루 이 층.

드문드문 손님들이 앉아 있는 실내의 한복판에 용비와 만
절사신 네 명이 탁자에 둘러앉아 식사를 하고 있다.

만절사신은 용비보다 일 각 쯤 늦게 항주를 출발해서 조금
전에 사수현 밖에 도착을 한 것이다.

용비는 오늘밤에 태천주를 밖으로 유인해 내어 한적한 곳
에서 일대일로 결판을 낼 생각이다.

그 전에 자신이 천주 두 명을 암습하여 죽이고 나서 태천주
를 유인해 내면 만절사신이 여섯 명의 천주들을 죽이도록 할
것이다.

태천주만 죽이고 천주들을 남겨두면 그들 중에 누군가 제
이의 태천주가 되지 말라는 법이 없기 때문이다.

그런데 문제가 있다. 태천주의 사부인 영무제 도선후인데

그에 대해서는 아는 바가 거의 없다.

다만 태천주의 사부인만큼 무위가 태천주하고 비슷하거나 더 높을 수도 있을 것이라고 추측했다.

용비가 두 명의 천주를 죽이고 또 도선후까지 죽이는 것은 무리다.

두 명의 천주는 그렇다고 쳐도 도선후를 추호의 기척도 내지 않고 죽일 자신은 없다. 아니, 오히려 도선후가 용비를 죽일 수도 있는 일이다.

뚜벅뚜벅…….

그때 누군가 이 층으로 올라오는 발자국 소리가 들렸다.

용비는 도선후를 어떻게 처리할 것인지 고심하고 있다가 발자국 소리를 듣고 고개를 들었다.

이 층으로 올라오고 있는 사람이 아직 모습을 드러내지는 않았으나 용비는 그들이 허실과 도연훈이라는 것을 알고 있다.

허실하고는 영적으로 교감하고 있기 때문에 그녀가 가까이에 있으면 저절로 느낄 수가 있다.

'잘 됐군.'

그는 사부 만절기황에게 영무제 도선후를 상대해달라고 부탁할 생각이다.

척!

　과연 잠시 후에 계단 위 이 층 입구에 올라선 사람은 허실과 도연훈이었다.

　허실은 용비와 만절사신을 발견하고 환한 표정에 비명 같은 함성을 지르면서 달려왔다.

　"꺄아! 모두들 여기에 있었구나!"

　"허실!"

　만절사신은 움찔 놀라 자리에서 일어섰다.

　허실은 한달음에 달려와 수진랑을 얼싸안았다.

　"너무 반가워, 진랑!"

　수진랑은 덤덤한 얼굴로 허실을 떼어냈다.

　"나는 하나도 반갑지 않거든."

　"반아미! 오랜만이야!"

　허실이 이번에는 반아미를 보고 두 팔을 벌리며 안으려들었다. 허실은 반아미하고 별로 친하지 않았지만 용비의 측근들을 보자 너무나 반가웠다.

　그러나 반아미는 떨떠름한 얼굴로 팔을 뻗어 손가락으로 허실의 이마를 눌렀다.

　"나도 안 반가워."

　수진랑은 성격상 그런 것이고, 반아미는 용비를 사랑한다고 선언한 판국에 그의 또 다른 부인인 허실의 등장이 반가울 리가 없다.

“허실! 나는 무지 반갑다! 하하하!”

낙혼이 껄껄 웃으면서 두 팔을 벌리고 허실을 안으려고 다가갔다.

허실은 그를 보며 고개를 갸웃거렸다.

“누구시더라?”

“나야 낙혼. 설마 잊은 건 아니지?”

“처음 뵙겠습니다. 용랑의 하인인가요?”

“너 정말……”

아는 체 하면서 얼렁뚱땅 허실을 한 번 안아보려던 낙혼은 본전도 못 건졌다.

그녀가 너무 천연덕스러워서 모두들 푸핫! 하고 웃음을 터뜨렸다.

“어서 오십시오. 사부님.”

용비가 가까이 다가온 도연훈에게 공손히 고개를 숙이자 만절사신은 뒤집어지도록 경악했다.

말로만 들었던 고금제일인 만절기황이 바로 자신들의 눈앞에 서 있는 것이다. 자신들이 만절기황을 직접 보게 될 줄은 전혀 예상하지 못했었다.

만절사신은 약속이나 한 듯이 그 자리에 고꾸라지듯이 엎어지며 큰절을 올렸다.

“만절기황께 인사 올립니다!”

그들은 자신들이 우렁차게 외쳐놓고서 화들짝 놀라서 급히 주위를 둘러보았다.

주루에 여기저기 사람들이 있는데 함부로 '만절기황' 이라고 외쳤기 때문이다.

그런데 손님들은 자신들이 하던 일을 계속 하며 이쪽에는 별로 신경을 쓰지 않았다.

그중 한두 명이 이쪽을 쳐다보며 조금 관심을 보이는 듯한 정도일 뿐이다.

멋들어진 이남이녀가 중년인에게 큰절을 올리는 모습 때문이었을 것이다. 단지 그것뿐이다.

사실은 용비가 넓게 호신막을 펼쳐서 이곳에서 하는 말을 차단시켜 두었다.

"일어나라."

도연훈은 용비. 허실과 함께 자리에 앉아 자상하게 미소를 지으며 말했다.

"사부님께 부탁이 있습니다."

용비는 쑥스러운 표정을 지었다.

도연훈은 어려운 부탁일 때 그가 이런 표정을 짓는다는 것을 알고 있다.

"무엇이냐?"

“사부님께서 영무제를 맡아주시겠습니까?”

영무제라는 말에 허실과 만절사신은 크게 놀랐다. 천하제일인 태천주의 사부이며 절대십천의 창시자가 바로 영무제인 것이다.

“알았다.”

도연훈에게 친동생을 죽여 달라고 부탁하는 것은 잔인할 수도 있지만 용비로서는 어쩔 수가 없다.

“담천은 만절사신공을 이십여 년이나 연마했으니 너는 조심해야 하느니라.”

“명심하겠습니다.”

용비는 만절사신공의 오의를 깨우치고 또 터득했지만 그 시기가 매우 짧다.

반면에 태천주는 장장 이십여 년이라는 긴 세월 동안 만절사신공을 연마했다.

그것은 누가 보더라도 무위 면에서는 태천주가 절대적으로 우위에 있다고 할 수 있다.

도연훈은 태천주보다는 도선후가 더 고강하다고 판단했다. 그래서 자신이 도선후를 맡으려는 것이다. 반면에 용비는 태천주가 더 강할 것이라고 믿었다.

“용랑. 저도 천주 한 명을 맡겠어요.”

그런데 용비 옆에 앉은 허실이 그의 팔을 가슴에 꼭 안고는 해맑은 눈으로 바라보았다.

"실아. 너는……."

"남아 있는 여섯 명의 천주 중에서 제일 약한 유천주(幽天主)를 제가 맡겠어요."

"그를 죽일 수 있겠느냐?"

"물론이에요."

용비는 염려스러운 표정을 지었다.

"네가 유천주보다 고강하냐?"

"아니, 조금 하수에요."

허실은 실력이 아니라 태천주의 딸이라는 신분 때문에 천주의 지위에 올랐다.

용비는 그녀가 유천주보다 하수라고 하면서도 그를 죽일 수 있다고 자신 있게 말하는 것이 미심쩍었다.

"저는 그의 약점을 잘 알아요."

"그놈 약점이 뭔데?"

낙혼이 묻자 허실은 배시시 미소 지었다.

"날 짝사랑해요."

말인즉 그녀는 유천주에게 미인계를 쓰겠다는 것이다.

용비는 내키지 않았다. 어렵게 구해낸 그녀가 위험에 처하거나 목숨을 잃는다는 것은 상상하고 싶지도 않았다.

옆에 앉은 수진랑이 허실 어깨에 손을 얹으며 고개를 끄떡였다.

"좋아. 우리 같이 해치우자구."

수진랑은 허실이 미모만으로 놀고먹으려 하지 않는 것이
마음에 들었다.

제일 먼저 용비가 태천주 일행이 묵고 있는 진천장(振天莊)
이라는 장원에 잠입했다.

그가 천주 중에 가장 고강한 균천주(鈞天主)를 죽이고 나서
태천주를 장원 밖으로 유인해내면 도연훈과 허실, 만절사신
이 잠입하여 영무제 도선후와 다섯 명의 천주를 상대한다는
계획이다.

이곳 진천장은 절대십천에 절대복종하고 있는 몇 안 되는
방, 문파 중 하나다.

무사 백여 명을 보유한 소규모 방파인데 절대십천의 태천
주 일행을 모시게 되어 무상의 영광으로 생각하면서 경계에
만전을 기하고 있다.

그렇다고 해도 호위를 받는 태천주일행이나 그들을 죽이
려고 하는 용비 일행에게는 진천장의 경계 따윈 있으나마나
한 것이었다.

용비는 무사들 중에서 제법 우두머리로 보이는 자를 제압

하여 태천주 일행이 묵고 있는 전각에 대해서 자세히 실토를 받았다.

절대십천의 태천주 이하 아홉 명의 천주들에 대해서는 알려진 바가 거의 없다.

특히 균천주에 대해서는 더욱 그렇다. 남자인지 여자인지, 나이는 몇이고 무위는 어느 정도인지 모든 것이 신비에 가려져 있는 인물이다.

어쨌든 용비는 삼라천신기로 모습을 감추고 균천주가 묵고 있다는 전각으로 접근했다.

삼층 전각인데 균천주는 삼 층 중간쯤 방에 있다고 하여 전각 뒤쪽에서 솟구쳐 올라 창으로 바짝 다가갔다.

창에 최대한 바짝 다가갔는데도 안에서 아무 소리도 흘러나오지 않았다.

숨소리는 물론이고 그 어떤 기척도 감지되지 않는다는 것은 안에 아무도 없다는 뜻이다.

균천주가 거처에 없을 것이라고는 생각해 보지 않았던 용비는 실망을 금치 못했다.

'어쨌든 이곳이 거처라면 돌아올 테니까 들어가서 기다리고 있어야겠군.'

창을 열고 거침없이 안으로 들어선 그는 넓고 화려한 실내를 둘러보다가 한곳에 시선이 멈추며 움찔 놀랐다.

저만치 오른쪽에 얇고 붉은 휘장이 쳐져 있는데 그 안쪽 침상에 전라의 남녀가 한 덩이가 되어 뒹굴면서 격렬하게 정사를 나누고 있는 광경을 발견한 것이다.

용비는 타인의 정사를 보는 것이 처음이다. 더구나 이곳에서 남녀의 정사를 발견하게 될 줄은 예상하지 못했기에 그 자리에 굳은 채 뚫어지게 남녀를 주시했다.

얇은 휘장이 쳐져 있지만 용비에겐 없는 것이나 마찬가지여서 너무도 선명하게 잘 보였다.

남자는 키가 크고 건장한 체격에 근육이 울퉁불퉁 잘 발달되었으며 짧은 반백의 수염을 기른 오십 대 중반 정도의 나이였다.

그는 침상에 엎드려 있는 자세의 여자를 짓뭉개듯이 거세게 몰아붙이고 있었다.

여자는 실로 늘씬한 몸매를 지니고 있는데 엎드려 있어서 얼굴이 잘 보이지 않았다.

'저자가 균천주로군.'

용비는 남자가 균천주일 것이라고 확신했다. 그리고 그 순간 두 가지 사실을 동시에 깨닫고 움찔 놀랐다.

첫째. 자신이 넋을 놓고 남녀의 정사를 보고 있다는 것이다. 만약 그들이 지금이라도 이쪽을 쳐다보기만 하면 들키고 말 터이다.

아무도 없다고 여겼더라도 추호의 기척도 내지 않는 습관 때문에 들키지 않은 것이 천만다행이었다.

두 번째는 침상의 남녀가 격렬하게 정사를 나누고 있는데도 신음 소리 따위가 일체 들리지 않는다는 것이다.

그것은 그들이 침상 주위에 호신막을 쳐놓았다는 뜻이다. 가장 정신이 해이해지기 쉬운 정사를 하면서 호신막을 쳐 놓다니 용의주도한 자들이다.

어쨌든 호신막 때문에 신음소리가 밖으로 새어 나가지 않지만 또한 그것 때문에 밖의 소리가 그들에게는 전해지지 않았을 테니 그들로서는 자충수를 둔 셈이다.

자신의 실수를 깨달은 용비는 그 즉시 삼라천신기로 모습을 가려서 감추었다.

균천주가 정사를 하고 있다면 그야말로 그를 죽일 수 있는 절호의 기회다.

원래 그를 강적이라고 생각하지는 않았으나 일이 이렇게 되고 보면 땅 짚고 헤엄치는 격이다.

용비는 거침없이 휘장을 살짝 들추고 안으로 들어섰다. 하지만 휘장을 등진 채 더 나아가지 않았다.

만에 하나 옷자락이라도 호신막에 약간 닿기만 하면 상대가 즉시 알아차릴 것이기 때문이다.

그는 잠시 어떻게 할 것인가 궁리했다. 호신막을 먼저 기척없이 제거를 할 것인가 아니면 호신막을 파훼하는 것과 동시에 균천주를 죽일 것인가 둘 중 하나다.

그런데 불과 일 장도 안 되는 거리에서 전라의 남녀가 정사를 나누는 광경이 벌어지고 있으니까 정신이 혼란스러워서 집중이 되지 않았다.

균천주의 우람한 음경이 엎드려 있는 여자의 둔부 계곡 속으로 진퇴하는 광경이 적나라하게 보였다.

여자는 쾌락으로 몸부림을 치면서 몸을 비틀며 고개를 흔들다가 이쪽을 쳐다보는데 대략 삼십대 중반의 나이에 대단한 미녀였다.

용비는 고개를 세차게 가로젓고는 결정을 내렸다.

'호신막을 부수는 것과 동시에 균천주를 죽인다.'

그는 삼라천신기로 모습을 감추었기 때문에 혼일강을 끌어올려서 오른손에 집중시켰다.

팔 성의 혼일강 정도라면 호신막을 뚫는 것과 동시에 균천주의 머리통을 박살 내고도 남을 것이다.

그는 결정도 빨리 내리지만 그것을 행동으로 옮기는 것은 더욱 빠르다.

오른손을 들어 올리는 것과 동시에 삼라천신기를 거두어 모습을 드러냈다.

삼라천신기를 그대로 놔두면 그것이 하나의 벽이 되어 혼일강을 약화시키기 때문이다.

그와 동시에 벼락같이 침상으로 쇄도해 가면서 벼락 치듯이 혼일강을 발출했다.

후오오—

좁은 협곡 사이로 겨울의 삭풍이 휘몰아치는 듯한 음향이 났지만 균천주는 자신이 쳐놓은 호신막 때문에 듣지 못할 것이다.

혼일강이 호신막을 부수는 순간 듣게 될 테지만 그때면 피하는 것도 반격을 하는 것도 이미 늦었다.

퍼어…….

혼일강의 금빛줄기가 투명한 호신막을 뚫고 곧장 균천주를 향해 쏘아갔다.

약간 뒤쪽에서 발출했기 때문에 균천주의 머리 오른쪽에 적중될 것이다.

그런데 그 순간 예상하지 못했던 일이 일어났다. 호신막이 혼일강에 뚫리는 순간 균천주의 모습이 감쪽같이 사라져 버린 것이다.

하지만 용비는 그가 엎드린 자세 그대로 솟구쳤다는 것을 알고 있다.

미친 듯이 정사를 하던 중에, 그것도 균천주의 음경이 여자의 둔부 사이에 삽입되어 있는 상태에서 빛처럼 빠르게 솟구쳤는데, 용비는 그것을 어렴풋이 발견했다.

호신막과 균천주의 거리는 불과 두 자 남짓 짧은 거리인데 호신막이 뚫리는 순간 피하다니 믿을 수 없을 만큼 빠른 반응이었다.

균천주가 제아무리 고강하다고 해도 용비가 팔 성으로 발출한 혼일강을 피한다는 것은 말이 안 된다. 그런데 그것이 현실로 드러났다.

퍽!

균천주의 머리를 맞추지 못한 혼일강은 엎드린 자세의 여자 어깨를 아슬아슬하게 스쳐 지나서 침상에 비스듬히 적중되었다.

용비는 벌거벗은 채 등이 거의 천정에 붙어 있는 균천주를 향해 두 번째 혼일강을 발출했다. 엎드려 있는 여자는 무시했다.

천정이라고 해도 일 장 반 남짓 거리다. 더구나 이번에는 전력으로 발출했으므로 그마저도 균천주가 피하리라고는 생각하지 않았다.

쿠아앗—!

그런데 그 순간 전혀 뜻하지 않은 곳에서 허공을 울리는 굉음이 터졌다.

추호도 예상하지도 않았던 알몸의 여자가 그대로 용비에

게 덮쳐오면서 쌍장을 뻗은 것이다.

더구나 붉고 푸른 두 가지 색을 띤 장력, 아니, 강기는 일견하기에도 가공한 위력을 지니고 있을 듯했다.

초절고수가 아니고는 흉내를 내는 것조차 어려운 강공이며 전혀 예상하지 못했던 변수였다.

어쩌면 그것 때문에 용비는 실패를 맛볼지도 몰랐다. 아니, 상황은 거의 실패 쪽으로 흘러가고 있었다.

'이런……'

용비는 그제야 알몸의 여자가 바로 균천주였다는 사실을 깨달았다.

그렇다면 호신막이 뚫리는 순간 천정으로 솟구친 남자는 태천주가 분명하다. 방금 눈으로 목격한 엄청난 실력이 그것을 증명하고 있다.

태천주와 균천주가 내연관계이고 이 시간에 함께 있을 줄은 그것도 정사를 하고 있을 줄은 상상조차 하지 못했었다.

실수는 치명적이었다. 그것은 곧장 절체절명의 위기상황으로 치달았다.

균천주의 공격을 피하거나 반격하려면 태천주에게 발출한 혼일강을 거두어야만 한다.

하지만 그렇게 되면 용비가 균천주와 격돌하는 사이에 태천주가 공격할 것이다.

무방비 상태에서의 태천주의 공격은 치명적이다. 그 일격에 용비는 중상을 입거나 죽을 수도 있다.

일촉즉발의 순간 용비는 거의 본능적으로 제삼의 방법을 선택했다.

태천주에게 발출한 혼일강을 그대로 진행하는 것과 동시에 삼라천신기를 일으켜 호신막을 펼쳐서 균천주의 공격을 방어하는 것이다.

혼일강과 삼라천신기는 전혀 다른 별개이기 때문에 동시에 일으켜도 된다.

물론 천정에 떠 있는 알몸의 사내가 태천주가 맞는다면 혼일강으로 그를 어떻게 하지는 못할 터이다. 그러나 그를 아주 잠깐 묶어둘 수는 있다. 용비는 그 찰나의 틈을 이용하려는 것이다.

알몸의 사내는 용비의 짐작한 대로 태천주 도담천이었다. 그는 용비가 균천주의 공격을 내버려두고 자신을 계속 공격할 줄은 몰랐다.

그러나 그는 용비의 공격을 정면으로 맞부딪치지 않고 천정을 뚫고 위로 더 솟구쳐서 피했다.

퍽! 퍼퍽!

태천주가 천정을 뚫으며 솟구치고, 그 구멍 속으로 혼일강이 꽂히고, 또 균천주의 강기가 용비의 호신막을 가격하는 음향이 거의 동시에 터졌다.

그 찰나의 순간에 용비는 또 다른 결정을 내렸다. 일단 태천주를 놔두고 균천주를 죽이자는 것이다.

강하게 호신막을 두드린 균천주의 몸이 반탄력 때문에 크게 흔들렸다.

사아…….

그때 다시 삼라천신기를 일으킨 용비의 모습이 씻은 듯이 사라졌다.

균천주는 움찔 놀라면서 극도로 긴장하며 재빨리 주위를 둘러보았다.

스팟!

그녀는 바로 정면 두어 자 거리에서 흐릿한 금빛 광채가 번뜩이는 것을 발견했다.

그것이 보이지 않는 용비가 혼일강을 발출한 것이라는 사실을 그녀는 미처 깨닫지 못했다.

퍼억!

"끅!"

그녀가 어떻게 대처하기도 전에 금빛광채는 그녀의 왼쪽 젖가슴에 적중되어 등 뒤로 빠져 나가며 술잔 크기만 한 구멍을 뚫어놓았다.

그녀는 놀라듯 어이없는 표정을 지으며 자신의 가슴을 내려다보았다.

젖가슴 봉우리에 구멍이 뻥 뚫렸는데 그곳으로 한 방울의 피도 흐르지 않았다.

그녀의 숨이 끊어져서 뒤로 스르르 쓰러져 갔다. 하지만 용비는 이미 이곳을 떠난 후다.

용비는 눈 한 번 깜빡이는 순간에 균천주를 죽이고 밖으로 나와 지붕에 올라서서 재빨리 주위를 살펴봤으나 태천주를 발견하지 못했다.

태천주가 어디로 사라졌는지는 모르지만 필경 어딘가에서 옷을 구해 입을 것이다.

아무리 밤이라고 해도 태천주 정도의 인물이 알몸으로 돌아다닐 수는 없는 노릇일 테니까 말이다.

용비는 장원 내에서 가장 높은 어느 오층 전각의 지붕 용마루에 올라섰다.

그곳에서는 장원 전체가 한눈에 굽어보였다. 반면에 장원 어디에서든 그를 즉시 발견할 수 있을 터이다.

그것이 그가 바라는 바다. 태천주가 그를 발견하면 밖으로 유인해 내려는 것이다.

장원 밖에서 대기하고 있는 도연훈과 허실, 만절사신에게도 용비의 모습은 잘 보일 것이다.

그와 태천주가 사라지고 나면 그들이 장원으로 들이닥쳐서 자신들의 할 일을 할 것이다.

문제는 용비가 유인해 내면 태천주가 순순히 따라서 나올 것인가 하는 것이다.

하지만 그것에 대해서는 별로 염려하지 않았다. 태천주는 용비를 두려워하지 않을 것이다.

오히려 그를 잡을 수 있는 절호의 기회를 놓치지 않으려고 할 것이 분명하다.

그가 조금 전에 균천주의 방에서 천정을 뚫고 달아난 것은 옷을 구해서 입으려는 것이지 용비가 두려워서 달아난 것은 아닐 터이다.

과연 잠시 후에 왼쪽 사십여 장 거리에서 황의장포를 입은 태천주가 빛처럼 빠른 속도로 용비를 향해 쏘아오고 있는 것이 보였다.

태천주는 다른 천주들이나 영무제 도선후를 부르지도 않고 혼자서 용비를 상대하려는 것이 분명했다. 그는 용비를 전혀 두려워하지 않는 것 같았다.

용비는 두리번거리면서 누군가를 찾는 체 하다가 태천주가 이십여 장까지 쏘아왔을 때 뒤늦게 발견한 것처럼 급히 몸을 날려 장원 밖으로 날아갔다.

그러면서 힐끗 고개를 돌리니까 태천주가 십여 장까지 바짝 따라오고 있는 것이 보였다.

용비는 태천주에게 덜미를 잡힐 것처럼 보이면서 사수현의 서쪽 방향으로 십여 리쯤 쏘아갔다.

서쪽을 택한 것은 동쪽 평원에서 절대십천의 만오천 고수들이 야숙을 하고 있기 때문이다.

용비가 드넓은 평원의 어느 곳에 멈출 때까지 태천주는 그를 추격하면서 등 뒤에서 공격하지는 않았다.

이윽고 두 사람은 사 장 정도 거리를 두고 우뚝 서서 마주 바라보았다.

용비와 태천주는 둘 다 상대를 처음 보는 것이라서 잠시 아무 말도 하지 않고 주시하기만 했다.

태천주는 균천주와 정사를 나누는 적나라한 광경을 용비에게 들켰으면서도 조금도 어색하거나 부끄러워하지 않는 것 같았다.

휘영청 밝은 보름달 아래 늠름하게 우뚝 서 있는 용비의 모습은 흡사 천신인 듯 당당했다.

자신이 대단한 기남아라고 자부했으며 지금도 누구에게 뒤지지 않는 대장부라고 생각하는 태천주마저도 용비의 헌앙한 기상에는 감탄을 금치 못했다.

용비가 지금까지 절대십천에 저지른 여러 가지 소행으로

봐서는 천참만륙 갈가리 찢어서 죽인다고 해도 속이 시원하
지 않을 태천주다.

그러나 막상 그를 눈앞에서 자세히 보니까 그런 사실들을
다 불식시키고도 남음이 있을 만큼 죽이기에는 너무나 아까
운 청년이었다.

태천주는 이제야 천하무림의 수많은 사람이 만능서생이
천하의 영웅이고 절세미장부라고 입을 모으는지 이유를 알
수 있을 것 같았다.

그는 자신의 딸 도영매가 그에게 반할 수밖에 없었다는 것
과, 용비를 제자로 거둔 도연훈이 참으로 운이 좋았다는 생각
이 들었다.

"네가 용비냐?"

"그렇소."

오랜 침묵을 깨고 태천주가 묻자 용비는 조용한 목소리로
대답했다.

태천주는 용비가 너무 탐나고 또 죽이는 것이 아까워서 그
를 회유해보기로 마음먹었다.

"영매를 사랑하느냐?"

그러자면 용비를 사위로서 인정하고 받아들이는 것이 지
름길이라고 판단했다.

"그렇소."

태천주는 자상한 아비의 그것처럼 자못 인자한 미소를 지으면서 고개를 끄떡였다.

"어떠냐? 그동안 저지른 너의 잘못을 모두 용서할 테니 영매와 함께 내게 와서 살아라."

용비는 묵묵부답 가만히 서 있었다.

태천주는 미끼를 하나 더 던져주었다.

"네가 내 사위가 되면 장차 천하는 네 것이 된다. 나는 너를 후계자로 삼을 생각이다."

자고로 미녀와 권력을 싫어하는 사내란 없다. 태천주 자신을 놓고 볼 때도 그렇다. 그런 점에서 용비도 어쩔 수 없을 것이라고 태천주는 생각했다.

더구나 지금 당장 죽일 수 있는데도 불구하고 이런 파격적인 제안을 하지 않는가.

"왜 그래야 하오?"

그러나 용비는 데면데면한 얼굴로 물었다.

"네가 내 딸을 사랑한다고 하니까……."

"그녀는 당신 딸이 아니지 않소?"

"뭐라?"

용비는 태천주의 정신부터 마음까지 그리고 다음에는 온몸을 자근자근 씹어주기로 작정했다.

"나는 그녀를 허실이라 부르고 있소. 허실은 당신 딸이 아

니라 십팔 년 전에 당신 손에 비명횡사한 유승원이라는 분의
딸이오."

"……."

움찔 놀란 태천주는 말문이 막혀서 둥그렇게 뜬 눈을 껌뻑
거렸다.

도대체 그 사실을 용비가 어떻게 알고 있는지 귀신이 곡할
노릇이다.

"너… 그것을 어떻게 아느냐? 영매도 알고 있느냐?"

"물론이오."

"허허……."

어이없는 웃음이 흘러나왔다. 태천주가 십팔 년 전에 유승
원을 죽이고 그가 데리고 있던 두어 살짜리 계집아이를 데려
다가 키운 것은 사실이다.

하지만 키우면서 그 아이에게 정이 흠뻑 들어 자신의 딸이
아니라고 생각해 본 적이 없었다.

십팔 년의 아비로서의 정성이 한순간에 포말이 되어 흩어
지고 있었다.

용비는 엷은 미소를 지으며 태천주를 처다보았다.

"내게 더 할 말이 있소?"

달리 무슨 말로 나를 더 유혹하겠느냐는 뜻이라는 것을 태
천주가 알아듣지 못할 리 없다.

　태천주는 너털웃음을 터뜨렸다.

　"허허헛! 네가 어리석게도 경주(慶酒)는 마다하고 벌주(罰酒)를 원하는구나."

　"나는 화주를 좋아하오."

　우문현답(愚問賢答)이다. 경주든 벌주든 당신이 주는 술은 다 싫고 독한 화주가 좋다는 뜻이다.

　"너의 재주가 아까워서 목숨을 붙여주려 했더니……."

　"당신은 원래 싸우기 전에 말이 많은 편이오?"

　"……."

　태천주는 두 번째로 말문이 막혔다. 천하제일인 면전에서 이런 식으로 오만방자하게 말하는 사람은 일찍이 한 명도 없었다.

　천천히 태천주의 얼굴이 일그러지며 두 눈에 푸르스름한 살기가 어른거렸다.

　이날까지 그를 이 정도로 분노하게 만든 사람은 용비가 처음이다.

　"건방진 놈!"

　순간 태천주는 쩌렁한 호통을 내지르며 곧장 용비를 향해 덮쳐갔다.

　"……!"

　용비의 안색이 급변했다. 사 장 정도의 거리면 태천주가 급습을 하더라도 충분히 방비할 수 있을 것이라고 예상했는데 그게 아니다.

그의 덮쳐오는 속도는 상상을 불허할 정도로 쾌속했다. 그로 미루어 아까 진천장을 나와서 용비를 추격할 때는 전력을 다하지 않은 것이 분명했다. 이것은 그때보다 두 배 이상 더 빨랐다.

그러나 그보다 더 중대한 일이 터졌다. 태천주가 덮쳐오는 속도보다 더 빠른 일 장을 발출한 것이다.

쩌억!

"흐윽!"

태천주가 일 장을 발출했다고 여긴 순간에 용비는 호신막을 펼쳤다.

호신막이 제대로 펼쳐졌는지 어떤지 알지도 못하는 상황에 가슴 한복판에 고스란히 일 장을 적중 당했다.

"크으……."

그는 태풍에 휩쓸리는 가랑잎처럼 쏜살같이 허공으로 팽글팽글 돌면서 날아갔다.

마치 누워있는 자세에서 가슴으로 태산이 통째로 내리꽂힌 듯한 어마어마한 충격이다.

그래서 그는 호신막이 펼쳐지기 전에 적중 당했기 때문일 것이라고 생각했다.

그러나 날려가면서 그는 호신막이 펼쳐지는 것과 동시에 깨지면서 가슴에 적중 당했다는 사실을 깨달았다.

만약 호신막이 아니었다면 그의 몸은 산산조각 분해되어 흔적조차 찾지 못할 정도가 됐을 것이다.

몸이 산산조각 나는 것을 면했으나 그 고통이야 이루 말할 수 없을 정도다.

그가 날려가면서 몸의 이상이 없는지 확인하려고 운기를 하려는데 갑자기 위에서 벼락 치는 소리가 터졌다.

"네놈이 감히 나를 능멸하고도 살기를 바라느냐?"

쩍—!

"으악!"

빙글빙글 돌면서 날려가던 중에 이번에는 등짝에 정통으로 적중을 당했다.

그는 이번에도 역시 태천주가 무엇을 어떻게 발출했는지 보지 못했다.

그의 호통과 동시에 등에서 화산이 폭발하는 것처럼 화끈한 느낌을 받았으며, 뒤이어 등뼈가 모조리 바스러지는 고통이 엄습했다.

퍼펙!

용비는 곧장 아래로 날아가서 땅과 무지막지하게 충돌하면서 등에 일 장이 적중 당한 것에 못지않은 이차적 고통이 뒤따랐다.

그는 땅에 대자로 누운 자세인데 허공에서 태천주가 무시무시한 속도로 내리꽂히면서 세 번째 공격을 발출하는 광경을 목격했다.

그는 지금 같은 상황이 돼서야 태천주의 공격을 본의 아니게 처음으로 목격할 수 있게 되었다.

태천주는 제대로 공격을 전개하는 것 같지도 않았다. 그저 아무렇게나 가볍게 손목을 뒤집는 모습인데 그 순간 새빨간 광채가 번쩍이며 폭사되었다.

눈에 보이는 것은 단지 그것뿐이었다. 음향도 없고, 그것이 쏘아오는 궤적 따위도 남기지 않았다.

용비는 태천주의 손에서 새빨간 광채가 번쩍이는 순간 옆으로 몸을 굴렸다.

뻐억!

그러나 그보다 빨리 홍광이 옆구리에 작열하며 그의 몸이 땅속으로 반 장 이상 파묻혀 버렸다.

과연 이십여 년 동안이나 만절사신공을 연마한 태천주의 무위는 입신지경에 이르렀다.

용비가 만절사신공을 초월하여 혼일강을 만들어냈다면, 태천주는 그 이상의 것을 만들어낸 것이 분명했다.

태천주에 비해서 일 년 반 남짓 그나마 만절사신공을 터득

한 것은 일곱 달밖에 안 되는 용비로선 만절사신공으로 태천
주를 상대하는 것은 계란으로 바위를 치는 것이나 다름이 없
는 것 같았다.

후두두…….

땅속 반 장 깊이에 파묻힌 용비 몸 위로 흙더미가 와르르
쏟아졌다.

꽝!

그리고 태천주의 네 번째 공격이 용비의 머리에 정통으로
적중되었다.

'이게 끝인가…….'

용비는 머릿속이 텅 비면서 정신이 아득하게 꺼져가는 것
을 느꼈다.

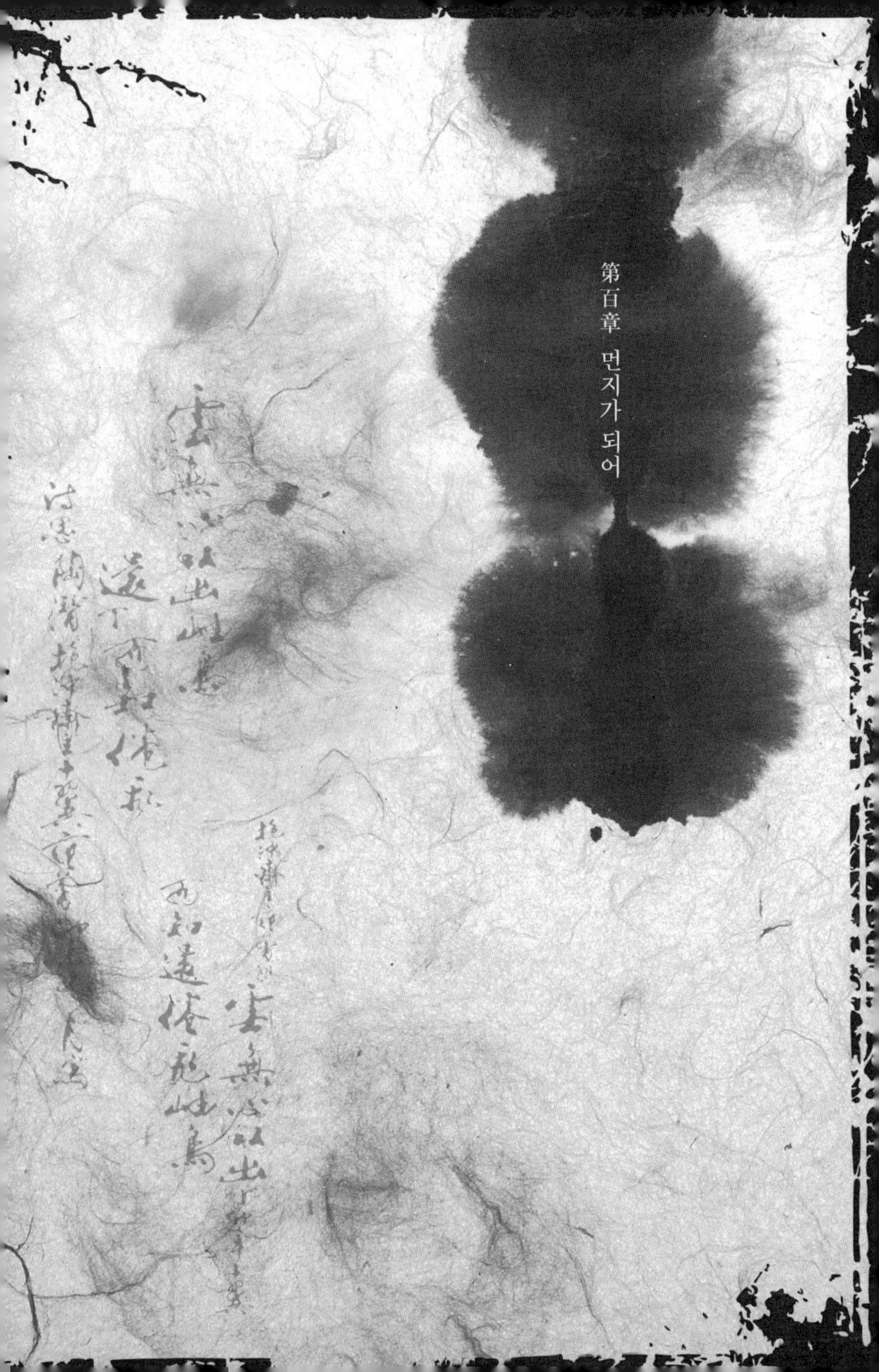

第百章　먼지가 되어

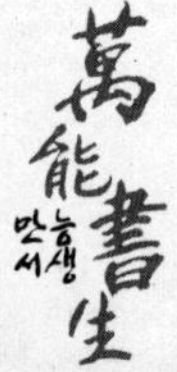

태천주의 지나친 분노가 용비를 살렸다.

말인즉, 태천주는 용비를 이처럼 간단하게 죽이는 것이 성에 차지 않았다는 것이다.

푸악!

그가 움푹 파인 땅을 향해서 대수롭지 않게 슬쩍 소매를 흔들자 땅속에 파묻혀 있던 용비가 불쑥 솟구쳐서 그의 앞에 우뚝 세워졌다.

흙투성이 용비는 코와 입에서 줄줄 피를 흘리면서 눈을 감고 있는데 혼절한 것 같았다.

　태천주는 뒷짐을 진 자세로 서 있으며 그의 앞 일 장 거리에 용비가 꼿꼿하게 세워져 있는 모습이다.

　태천주는 약간 어이없는 기분이 들었다. 당금 천하에서 자신의 일 장을 받아 낼만 한 인물은 만절기황 도연훈이나 영무제 도선후 정도가 전부다.

　그런데 용비는 무려 네 차례나 정통으로 적중당하고서도 죽지 않은 것이다.

　그뿐만 아니라 겉보기에는 코와 입에서 피를 흘릴 뿐 별다른 상처도 눈에 띄지 않았다.

　어쨌든 태천주는 용비를 제압해서 그를 미끼로 도연훈과 딸 도영매를 잡아들이고, 더 나아가서 여의신벌과 그를 따르는 무리들을 다스려야겠다고 생각했다.

　아니, 용비를 제압할 필요도 느끼지 못했다. 겉보기에는 아무렇지 않은 듯이 보이지만 속으로 만신창이가 되어서 오히려 그가 죽지 않도록 손을 써야만 할 입장이라고 태천주는 생각했다.

　용비의 두 발은 땅에서 한 자 정도 허공에 떠 있는 상태다. 태천주가 약간 공력을 발출하여 그를 허공에 띄워놓고 있는 것이다.

　원래 태천주는 지나칠 정도로 용의주도한 인물이지만 지금은 마음이 많이 풀어진 상태다.

처음부터 만능서생 용비나 여의신벌의 도발 따위에는 신경도 쓰지 않았던 그다.

또한 용비를 직접 만나면 어렵지 않게 제압하거나 죽일 수 있을 것이라고 확신했었다.

그 증거가 지금 눈앞에 있지 않은가. 눈앞의 용비는 죽은 것이나 진배없는 몸이다.

그는 용비를 제압함으로써 그 밖의 자잘한 일들은 자동적으로 해결될 것이라고 낙관했다.

무공이 폐지된 도연훈은 걱정할 건더기가 전혀 없으며, 그 외에는 자신을 위협할 만한 인물이 아무리 생각해 봐도 한 명도 없기 때문이다.

그즈음 용비는 혼절에서 깨어나고 있는 중이었다. 눈을 뜨지는 않았으나 기척만으로 자신의 앞에 태천주가 서 있다는 사실을 감지했다.

그는 조심스럽게 운기를 해보았으나 공력 자체가 전혀 모아지지 않았다.

혼일강의 몇 배에 달하는 태천주의 강기를 네 차례나 정통으로 적중을 당했으니 당연한 일이다. 오히려 죽지 않은 것이 다행이다.

그러나 용비는 포기하지 않았다. 혼일강을 끌어올리지 못하는 대신 그에게는 삼라천신기가 있기 때문이다.

삼라천신기는 체내가 아닌 몸 밖에 있다. 또한 그것은 운기를 할 필요도 없다. 그는 조심스럽게 주위의 삼라천신기를 일으켜서 자신의 몸을 치료하기 시작했다.

삼라천신기는 우주와 삼라만상의 무수한 원소들로 이루어졌으므로 몸을 치료하는 일은 식은 죽 먹기다.

우두둑… 투둑…….

그런데 몸이 치료되는 과정에 그의 몸에서 요란한 소리가 터져 나왔다.

어디 한 군데 성한 곳이 없던 상처들과 부러진 뼈가 삼라천신기에 의해서 고쳐지고 봉해지며 붙는 과정에서 터져 나오는 음향이었다.

그 소리를 듣고 태천주는 움찔했다. 일순 그는 용비의 몸에서 무슨 일이 벌어지는지 알아차리지 못했다.

더구나 죽지 않은 것이 이상할 정도로 만신창이가 돼버린 그가 자신의 몸을 스스로 치료를 할 것이라고는 추호도 상상하지 못했다.

그래서 이게 대체 무슨 조화인가 싶어서 잠시 그를 지켜보기만 했다.

만약 지금 이 순간에 손을 써서 용비를 제압하거나 죽였다면 태천주는 잠시 후에 천추의 한을 남기지 않아도 좋았을 것이다.

드으… 투툭…….

용비의 몸에서 나는 음향은 세 호흡 정도 짧은 시간 동안 나다가 이윽고 멈추었다.

그때까지도 태천주는 손을 쓰지 않고 다음에는 무슨 일이 일어날 것인가 지켜보았다.

지금 현재도 태천주가 공력을 발휘하여 용비를 허공중에 일으켜 세워놓은 상태이기 때문에 언제라도 그의 목숨을 취할 수 있다고 믿었다.

그런데 그때 용비가 천천히 눈을 떴다. 그것은 태천주의 의지하고는 전혀 상관이 없는 일이었다.

태천주는 두렵기보다는 신기하다는 생각이 들었다. 만절사신공이라면 그 자신이 빠삭하다.

그런데 도대체 만절사신공의 어디에 만신창이 몸을 치료하고 정신을 차리게 하는 기능이 있는지 아무리 생각해도 모를 일이다.

"너… 괜찮으냐?"

그래서 마치 자식을 걱정하는 아비처럼 물었다.

그런데 용비의 피를 흘리고 있는 입가에 흐릿한 미소가 매달렸다.

"어떨 것 같소?"

그때 태천주는 처음으로 염려가 되면서 움찔했다. 그래서 용비를 확실히 제압해야겠다고 비로소 생각했다.

그는 손만 뻗으면 용비를 간단하게 제압할 것이라고 믿었다.

용비는 삼라천신기가 자신의 몸을 치료하고 있는 동안 새로운 사실 하나를 깨달았다.

삼라천신기는 자신의 체내에서 생성되고 또 만들어지는 것이 아니기 때문에 공격이 꼭 자신으로부터 시작되지 않아도 된다는 이치를 깨달은 것이다.

만약 용비가 혼일강이나 삼라천신기를 만들어내서 자신의 손이나 몸을 사용하여 공격을 펼친다면 태천주는 어렵지 않게 피하거나 반격할 수 있을 터이다.

그래서 용비는 전혀 다른 새로운 발상을 했다. 다른 곳 다른 방향에서 삼라천신기를 만들어내서 태천주를 공격하자는 것이다.

그 첫 번째 공격은 태천주가 용비를 제압해야겠다고 막 생각한 순간에 이루어졌다.

사악……

아주 흐릿한 소리가 났다. 그러나 용비도 태천주도 그게 무슨 소린지 알지 못했다.

삼라천신기를 만들어내서 공격한 용비가 모르는 것을 태천주가 어찌 알겠는가.

방금 전에 용비는 삼라천신기의 청룡, 즉 천룡으로 태천주의 등 한복판을 공격했다.

그런데 태천주의 등은 아무렇지도 않은 것 같았다. 방금 전에 희미한 소리가 나긴 났는데 도대체 어딜 어떻게 공격했는지 알 수가 없다.

푹…….

그때 태천주의 왼쪽 어깨에서 마치 물을 입 안에 머금고 있다가 화살처럼 뿜어낸 것처럼 한 줄기 핏물이 허공으로 쏘아 올랐다.

태천주는 힐끗 자신의 왼쪽 어깨를 쳐다보았다. 그는 정면 일 장 거리에 서 있는 용비는 자신의 제어하에 있기 때문에 추호도 걱정하지 않았다.

그러지 않았다면 자신의 어깨를 쳐다보는 짓 따위는 할 수 없었을 것이다.

그런데 그의 어깨는 예리한 칼에 베인 것처럼 손마디 하나 정도의 상처가 났으며 그곳에서 계속해서 피가 뿜어지고 있었다.

베인 각도가 어깨의 뒤쪽이기 때문에 용비가 공격한 것은 절대 아니라고 생각했다.

용비는 삼라천신기 천룡으로 태천주의 등 한복판을 겨냥했는데 그것이 빗나가 왼쪽 어깨 뒷부분을 벤 것을 절반의 성공이라고 생각했다.

삼라천신기 중에서 천룡의 기운은 무엇이든지 찌르고 베는 것이 기본이다.

용비는 이번에는 삼라천신기의 백호를 일으켜서 재차 태천주의 등 한복판을 공격했다.

그때 태천주는 용비 외에 또 다른 조력자가 있을 것이라는 생각에 왼쪽 후방을 힐끗 돌아보고 있었다.

퍼어…….

그때 그는 자신의 둔부에 마치 한 바가지의 뜨거운 물이 끼얹어지는 듯한 느낌을 받았다.

그리고는 무의식적으로 힐끗 자신의 둔부를 돌아보다가 움찔 안색이 변했다.

화르…….

시뻘건 불길이 보였다. 불길이 그의 둔부를 태우고 있는 중이었다.

용비가 일으킨 삼라천신기의 백호가 자신의 둔부를 태운 것이라고는 꿈에도 상상하지 못하는 그는 용비의 조력자가 재차 공격을 했을 것이라고 판단했다.

픽…….

둔부를 태우던 불길은 태천주가 슬쩍 공력을 일으키는 것만으로 곧 꺼졌다.

그렇지만 어이없는 일이 생겼다. 잠깐 사이의 불길이 그의 옷을 태운 바람에 바지 궁둥이 부위가 동그랗게 타버려서 방금 불길 때문에 벌겋게 익어버린 그의 맨살 궁둥이가 드러난 것이다.

천하제일인 천무황 태천주가 희멀건 궁둥이를 드러내고 있는 광경은 억만금을 주고도 볼 수 없는 진풍경이다.

만약 이 일이 소문이 천하에 퍼진다면 그는 얼굴을 들고 다니지 못할 것이다.

그러나 태천주는 자신의 뒤쪽 어디에서도 용비의 조력자를 발견하지 못했다. 뿐만 아니라 그 누구의 기척조차 느끼지 못했다.

스아…….

그때 그는 오른쪽 옆구리가 뜨끔한 것을 느끼고 급히 쳐다보았다.

조금 전 왼쪽 어깨의 그것처럼 이번에도 무엇인가에 베인 옆구리의 옷이 벌어지고 있었으며 그가 쳐다보고 있는 중에 피가 쿨럭 뿜어졌다.

'이게 도대체…….'

그때까지도 그는 이 모든 것이 앞쪽에 제압되어 있는 용비의 소행이라고는 전혀 생각하지 못했다.

순간 그는 무엇인가를 발견했다. 오른쪽 옆구리를 굽어보고 있는 자세인 그는 뒤쪽 두 자 거리 허공에서 화륵! 하고 시뻘건 불길이 생기는가 싶더니 그것이 곧장 자신을 향해 돌진하고 있는 광경이었다.

눈으로 본 이상 아무리 가까운 거리라도 거의 반사적으로 피할 수 있다.

파아…….

불길이 그의 옆을 스치고 지나가는 순간 또 다른 이변이 그를 기다리고 있었다.

"그게 무엇인지 아오?"

"으헛!"

천하제일인이라고 자부하던 태천주의 입에서 터져 나오는 외침이라고는 믿기 어려운 다급하게 놀라는 비명성이 쏟아졌다.

자신의 제어 하에 있다고 여겼던 용비가 한 자 거리로 다가와서 늠름하게 서 있는 것을 발견했기 때문이다. 그리고 그가 아이를 가르치는 스승처럼 일러주었다.

"삼라천신기라는 것이오."

쩌억!

"크악!"

말이 끝나자마자 용비의 혼일강이 태천주의 가슴 한복판을 무지막지하게 두드렸다.

용비가 마음먹고 내지른 혼일강이므로 그 위력이야 두 말하면 잔소리다.

태천주는 상시 호신강기로 온몸을 보호하고 있으나 방금 혼일강으로 호신강기가 파훼되며 실 끊어진 연처럼 허공을 화살처럼 날아갔다.

그것이 치명상을 입히지는 않았으나 그는 그보다 더한 정신적인 극도의 치명상을 당했다. 그리고 자존심은 더 큰 상처를 입었다.

다 죽어가던 용비가 무슨 수로 멀쩡해졌는지, 또한 제압되어 있던 그가 어떻게 공격을 한 것인지 도무지 이해할 수가 없었다.

반탄력에 의해서 날아가던 그는 그때까지도 지금은 도망쳐야 할 상황이라는 사실을 깨닫지 못했다.

또한 용비가 방금 말해준 삼라천신기가 대체 무엇인지도 알지 못했다.

"이놈!"

그는 허공중에서 급히 멈추고는 용비를 향해 쏜살같이 쏘아가며 공격을 퍼부었다.

그가 만절사신공을 극대화시켜서 십오 년 전에 창안한 천화신강(天華神罡)이라는 것이다.

그것은 위력만으로는 혼일강의 서너 배 이상일 정도로 가공한 강기다.

이 순간까지도 태천주는 자신이 용비에게 패할 것이라는 생각은 터럭만큼도 하지 않았다.

그 일례로 방금 용비가 전개한 혼일강에 정통으로 적중되고서도 그저 가슴이 뻐근할 정도의 충격만 받았다는 사실이 그것을 입증하고 있다.

애당초 용비는 그의 적수가 되지 못하는 것이고 지금도 마찬가지라고 생각했다.

“……!”

그런데 공격을 하려던 태천주는 순간 움찔했다. 있어야 할 용비의 모습이 씻은 듯이 사라져 버린 것이다.

그제야 그는 약간의 위기감을 느꼈다. 하지만 용비가 무슨 수작을 부리고 있다는 생각만 했지 그가 위협을 가할 정도는 아니라고 여겼다.

사실 용비는 삼라천신기를 일으켜서 몸을 가려 모습이 보이지 않게 만들었다.

태천주는 가랑잎처럼 사뿐히 지상에 내려서면서 재빨리 주위를 둘러보았으나 여전히 어디에도 용비의 모습은 보이지 않았다.

‘도주한 것인가?

제 일감이 그거다. 그토록 혼쭐이 났으니 살기 위해서는 도망칠 수밖에 없을 것이다.

'절대 놓치지 않는다!'

그는 눈에서 살기를 뿜으며 몸을 돌려 다시 진천장 쪽으로 향하며 이목을 극대화시켜 용비의 기척을 감지했다.

듬직하고 키 큰 체구에 멋진 황의장포를 입은 그가 뽀얀 궁둥이 맨살만 드러낸 채 경공을 전개하여 달려가고 있는 모습은 한 폭의 웃기는 그림 같았다.

'뭔가?'

그런데 그 순간 그는 매우 극미한 기척을 감지할 수 있었다. 그런데 그 기척은 바로 자신의 오른쪽 옆에서 감지되고 있었다.

하지만 쳐다보니 아무것도 없다. 그렇다고 기척을 잘못 느낀 것도 아니다.

지금도 여전히 착각처럼 여겨지는 극미한 기척이 감지되고 있지 않은가.

육안으로 보이지는 않지만 그는 자신이 착각한 것이라고는 생각하지 않았다. 그만큼 자신의 이목을 확신하고 있기 때문이다.

번쩍!

그는 보이지 않는 그러나 기척이 느껴지는 오른쪽을 향해 천화신강을 뿜어냈다.

그의 천화신강의 강점은 두 가지다. 빛보다 빠르다는 것이고, 또한 화산폭발과 맞먹는 가공할 위력이 실려 있다는 사실이 그것이다.

삼라천신기로 모습을 감춘 용비는 태천주의 오른쪽에 바짝 따라붙어서 그의 혈도를 눌러 제압하려고 했다.

태천주가 자신을 감지할 것이라고는 추호도 예상하지 않았다. 그럴 수가 없기 때문이다.

그는 그렇게 당하고도 태천주를 과소평가하는 우를 범했다. 아니면 자신을 과대평가한 것이다.

그 순간 태천주가 오른쪽을 보면서 오른손을 뒤집자 번쩍! 하고 시뻘건 광채가 빛났다.

'아차!'

퍼억!

실수했다고 여긴 순간 천화신강이 용비의 왼쪽 어깨에 그대로 작열했다.

"크윽!"

그 순간 삼라천신기가 사라지며 쏜살같이 퉁겨 날아가는 그의 모습이 드러났다.

"이놈!"

태천주는 호통을 치면서 날아가는 용비를 그림자처럼 뒤쫓으며 재차 천화신강을 발휘했다.

용비는 왼쪽 어깨가 으스러지는 고통을 느끼면서 날아가

다가 태천주의 호통을 듣고 정신이 번쩍 들어 순간적으로 몸을 뒤집으며 누운 자세로 위로 솟구쳤다.

쉐애앵!

바로 그 순간 그의 등줄기 아래로 아슬아슬하게 바람소리를 내며 천화신강이 스쳐갔다.

천화신강을 보고 피하면 늦다. 그것이 발출되는 것과 동시에 어디론가 피해야지만 당하지 않는다는 것을 용비는 비로소 깨달았다.

방금 가격으로 용비의 왼쪽 어깨가 완전히 으스러졌다. 하지만 치료할 겨를이 없다.

태천주의 공격이 곧장 이어질 것이기 때문에 피하든 반격을 하든 무엇이라도 해야 할 것이다.

'현무!'

태천주가 손목을 뒤집는 것을 보면서 그는 다급하게 속으로 외쳤다.

삼라천신기의 현무는 무엇이든 으스러뜨리는 위력을 지니고 있다.

방금 용비는 현무로 태천주의 몸 아무 부위든지 맞추려고 시도했다.

어떻게 해서든지 그가 재공격을 하도록 놔둘 수는 없기 때문이다.

스으…….

태천주가 오른손 손목을 뒤집으며 천화신강의 붉은 광채가 번쩍 빛을 발하려는 순간 갑자기 스러져 버렸다.

그리고는 그의 오른손이 손목 아래에서 느닷없이 불에 타버린 재처럼 허공에서 흩어지고 있었다.

"으어……."

태천주는 눈을 부릅뜨고 자신의 먼지로 부서지고 있는 오른손을 쳐다보았다.

용비는 현무가 태천주의 몸 어디라도 적중되기를 원했으나 운 좋게도 오른손 손목에 적중되어 아예 먼지로 만들어버린 것이다.

그는 자신의 사라져버린 오른손과 용비를 번갈아 쳐다보면서 경악하는 표정을 지었다.

그러나 그는 과연 일대의 효웅(梟雄)다웠다. 자신의 손 하나가 스러져버린 순간에도 지금이 어떤 상황이며 자신이 어떻게 대처해야 한다는 것을 망각하지 않았다.

번쩍!

그의 왼손에서 천화신강이 폭발하듯이 빛을 발했다. 순치보거(脣齒輔車). 이가 없으면 잇몸이다. 공격은 반드시 오른손으로만 해야 한다고 정해진 것이 아니다.

쩌겅!

“으악!”

용비는 이번에는 복부에 천화신강을 고스란히 얻어맞고 애처로운 비명과 함께 허공으로 화살처럼 날아갔다.

그러면서 다시 정신이 몽롱해지는 가운데 정말 이것으로 끝이라는 생각이 들었다.

절망이나 좌절 따위는 모르고 살아온 용비지만, 태천주가 그를 절망시키고 있는 것이다.

과연 태천주는 강했다. 삼라천신기가 아니었으면 용비는 그와 대적하기는커녕 일 초식조차 감당할 수 없었을 것이라는 생각이 들었다.

태천주에게 네 차례나 천화신강을 당한 만신창이 몸을 겨우 치료했는데 방금 두 번의 공격으로 어깨가 부서지고 내장이 완전히 으스러져 버린 것 같았다.

보이지는 않지만 태천주는 분명히 세 번째 공격을 하려고 뒤쫓고 있을 것이다.

이 지경에 이르고 또한 오른손마저 잃었으니 그는 전력을 다해서 용비를 죽이려고 들 것이다.

지금까지의 여유나 약간의 자비 같은 것은 기대할 수도 없을 터이다.

‘으으…… 몸이 말을 들어야지만 삼라천신기를 제대로 발휘할 텐데…….’

거기까지 생각했을 때 그의 뇌리에서 번쩍 하고 뭔가 떠오르는 것이 있었다.

'아니다! 삼라천신기는 몸이 아니라 의지다!'

절체절명의 순간에 그는 새로운 또 하나의 사실을 깨달았다. 삼라천신기를 만들어내는 것이 몸이 아니라 자신의 의지라는 사실이다.

그것은 실로 커다란 깨우침이다. 궁즉통이라, 궁하면 통한다고 했는데 그 말이 바로 지금 실현된 것이다.

번쩍!

그러나 후회는 아무리 빨라도 늦고 깨우침은 언제나 당한 후에 얻어지는 법이다.

찌억!

"크악!"

태천주는 그를 내버려 두지 않았다. 날아가는 그를 그림자처럼 뒤쫓아 와서 세 번째 천화신강을 그의 등짝에 고스란히 작열시켰다.

조금 전 두 번째 공격이 복부에 맞아 내장이 조각났던 용비는 세 번째 공격을 등에 맞고 입으로 피와 조각난 내장을 쏟아내면서 바닥에 패대기쳐졌다.

퍽!

"끄으……."

이런 고통은 난생 처음이다. 온몸이 완전히 으스러져서 분해되어 버린 느낌이다.

그는 하늘을 향해 누운 자세로 축 늘어져서 온몸을 부들부들 떨어댔다.

그의 의지하고는 상관없이 온몸의 뼈가 박살 나고 내장과 장기가 으스러졌기 때문에 살과 뼈가 제멋대로 뒤틀리면서 경련을 일으켰다.

멀쩡한 것은 정신뿐이다. 그가 허공을 보면서 신음을 흘리고 있을 때 태천주가 십여 장 높이 허공에서 내리꽂히면서 왼손을 들어 올리는 모습이 보였다.

용비도 악착같지만 정말 태천주도 그에 못지않았다. 이 순간의 그는 악귀나찰 같았다.

오른손을 잃었고 허연 궁둥이를 드러낸 채 일장에 용비를 죽이려고 내리꽂히고 있다.

'의지다!'

용비는 손가락 하나 까딱할 수 없는 상태지만 조금 전에 깨달은 이치를 철썩 같이 믿었다.

만약 그 깨우침이 틀렸다면 그는 태천주의 일장에 즉사하고 말 것이다.

그러므로 이것은 생과 사를 가르는 생사의 모험이며 깨우침의 실현이다.

태천주가 오 장으로 가까워졌다. 그리고 그가 왼손을 들어 올리는 것이 보였다.

'백호!'

용비는 자신이 할 수 있는 최대한의 의지를 일으켜 목젖이 찢어질 정도로 부르짖었다.

하지만 그것은 목소리가 되어 나오지는 않았다. 말을 할 기력조차 없는 것이다.

그러나 의지는 정신이고 마음이다. 부서진 몸하고는 하등의 상관이 없는 것이다.

태천주는 최후의 일격이라 여기고 모든 천화신강을 끌어올려 왼손에 모아 용비를 향해 내리찍었다.

지금까지는 손목을 뒤집는 간단한 동작을 취했으나 지금은 도끼질을 하듯이 격렬한 동작으로 공격했다. 그만큼 용비에 대한 원한이 뼈에 맺혀 있는 것이다.

번쩍!

퍼어…….

그에게서 천화신강이 발출되는 것과 백호의 불기둥이 그의 가슴에 작열하는 것이 동시에 벌어졌다.

쩌억!

화아악!

용비는 천화신강을 가슴에 적중 당하고, 태천주는 몸 앞면

이 거센 불길에 휩싸였다.

"흐억!"

"으아아―!"

한 사람의 처절한 비명은 지상에서, 또 한 사람의 다급한 비명은 허공중에서 울려 퍼졌다.

용비는 방금의 일장에 적중당한 것으로 그대로 혼절하고 말았다.

아니 어쩌면 그것으로 숨이 끊어졌는지도 모른다. 그의 정신도 몸도 기능을 멈추었다.

그리고 태천주는 바닥에 추락하여 마구 구르면서 몸에 붙은 불을 끄려고 했다.

처음에 궁둥이에 불이 붙었을 때에는 공력으로 간단하게 껐었다.

그런데 이 불은 공력으로든 무엇으로든 꺼지지 않았다. 불길은 순식간에 그의 옷을 다 태우고 살갗을 태우면서 매캐한 연기와 냄새를 뿜어냈다.

그는 자신의 살이 타는 냄새를 맡으면서 미친 듯이 몸을 굴리며 불을 끄려고 발버둥을 쳤다.

그리고 그는 그제야 비로소 두 가지 사실을 깨달았다. 용비가 만절사신공의 오의를 깨우쳤다는 사실과 자신이 죽을 수도 있다는 현실을 자각한 것이다.

그런데 도저히 불이 꺼지지 않았다. 용비의 절박하고도 강력한 의지로 만들어진 백호의 불은 그냥 불이 아니다. 불의 원천인 것이다.

그때 문득 태천주는 가까운 곳에 강이 흐르고 있다는 사실을 깨달았다.

휘익!

"으아아—!"

천하제일인 태천주는 처절한 비명을 지르면서 강이라고 생각하는 방향을 향해 미친 듯이 쏘아갔다.

목적을 가장 먼저 달성한 사람은 허실이었다.

도연훈은 아직도 영무제 도선후와 막상막하 치열한 싸움을 벌이고 있는 중이다.

그리고 만절사신 역시 약간의 우위를 점하고는 있으나 네 명의 천주들도 만만치 않아서 접전을 벌이면서 애를 먹고 있다.

허실은 목적으로 삼은 유천주의 방으로 접근하여 살며시 문을 열고 들어갔었다.

유천주는 오래 전부터 오매불망 허실을 짝사랑해 온 삼십 대 초반의 노총각이다.

그는 창밖 야공의 보름달을 바라보면서 지금도 하염없이

허실을 그리워하고 있었다. 그의 허실을 향한 짝사랑은 중병이라고 해도 좋을 정도다.

그리고 절대십천 사람이라면 그가 허실을 짝사랑하고 있다는 사실을 모르는 사람이 없다.

그런데 바로 그때 거짓말처럼 허실이 생글생글 미소 지으면서 방으로 들어서고 있는 것이 아닌가.

허실은 궁둥이를 살랑살랑 흔들면서 유천주에게 다가갔고, 유천주는 이게 꿈인지 생시인지 손으로 두 눈을 비비면서 정신을 차리지 못했다.

"가가. 오랜만이에요."

허실이 코 먹은 소리를 하며 자신의 어깨에 살며시 기대자 유천주는 반쯤은 혼절한 상태가 돼버렸다.

"여… 영매……."

그것으로 끝이었다. 허실은 황홀한 표정을 짓고 있는 유천주의 허리를 무형검을 만들어서 그대로 뎅겅 잘라 버렸다.

유천주는 행복했다. 그토록 짝사랑하던 허실의 손에 죽을 수 있어서 좋았고, 마지막 숨이 끊어지는 순간까지도 얼굴에서 황홀한 표정이 사라지지 않았기 때문이다.

유천주를 죽이고 난 허실이 제일 먼저 취한 행동은 용비를 찾는 것이었다.

그녀는 아까 진천장에 잠입하기 전에 용비와 태천주가 서쪽으로 향하는 것을 봤었기 때문에 무작정 서쪽을 향해 전력으로 질주했다.

"용랑—!"

허실은 벌판에 용비가 하늘을 향해 누운 자세로 쓰러져 있는 것을 발견하고 울부짖으면서 달려가 축 늘어진 그를 부둥켜안았다.

"용랑! 정신차려요!"

그녀가 아무리 흔들어도 용비는 꿈쩍도 하지 않고 축 늘어진 몸이 이리저리 흔들릴 뿐이었다.

그녀는 퍼뜩 정신을 차리고 급히 용비의 가슴에 귀를 댔다. 그런데 심장이 뛰질 않았다. 그는 숨도 쉬지 않았으며 손목의 맥도 뛰지 않았다.

"아아……."

눈앞이 캄캄해졌다. 그녀는 자신에게 무슨 일이 생기면 생겼지 용비가 죽을 것이라고는 한 번도 그리고 조금도 상상해본 적이 없었다.

용비가 죽었다면 그녀 역시 죽은 목숨이다. 그가 죽었으니 그녀도 따라서 죽는 것은 너무도 당연한 일이다. 죽은 용비의 넋이 멀리 가기 전에 그녀도 빨리 스스로 목숨을 끊어서 그의 넋과 함께 저승으로 가는 것만이 지금 취할 수 있는 유일한 방법이다.

그런데 바로 그때 남쪽 방향에서 하나의 검은 인영이 이쪽으로 쏘아오는 것을 발견했다.

허실은 용비를 품에 안은 채 망연자실한 얼굴로 그 인영을 바라보았다.

검은 인영은 그녀와 용비의 이 장 앞에 이르러 멈추고는 거친 숨소리를 토해냈다.

"크으으……."

허실은 정신이 나간 멍한 표정으로 그를 바라보았다. 온몸이 불에 타서 한 덩이의 커다란 숯처럼 보이는 그는 온몸에서 뚝뚝 물을 흘리고 있었다.

"크으으……. 영매야. 비켜라."

검은 인영, 즉 숯덩이가 돼버린 태천주는 차마 허실을 어쩌지 못하고 손을 저었다.

그러자 무형의 부드러운 잠력이 허실의 몸을 둥실 띄워 저만치에 내려놓았다.

허실은 숯덩이의 목소리를 듣고 그가 태천주라는 사실을 알아차렸다.

"그러지 말아요……."

그녀는 눈물을 흘리면서 재빨리 다시 기어와 용비의 앞을 가로막으며 두 팔을 벌렸다.

"그는 이미 죽었어요……. 제발 그의 시신을 훼손하지 말아요. 그 대신 날 죽여요……."

태천주는 들어 올렸던 손을 멈추었다. 코와 입. 귀가 다 일그러지고 시커먼 숯검정 사이로 반짝이는 두 개의 눈이 허실 너머의 용비를 쏘아보았다.

공력을 발출하여 쓰러져 있는 용비의 전신을 탐색해 본 결과 그는 죽은 것이 분명했다. 살아 있는 자의 그 어떤 기척도 감지되지 않았다.

그렇지만 태천주는 조금도 분노가 식지 않았다. 자신을 이런 추악한 몰골로 만든 용비가 죽었다고 해서 그를 용서하고 싶은 마음이 전혀 들지 않았다.

"비켜라."

"안 돼요……."

허실은 처절하게 그리고 비통하게 울부짖었다.

"내가 죽을 때까지만 잠시 기다려 주세요. 내 넋이 그의 넋을 따라갈 수 있도록 마지막 자비를 베풀어 주세요……."

태천주는 추악한 얼굴을 더욱 일그러뜨렸다. 보통사람이 들으면 허실의 갸륵한 심정에 마음이 움직이겠지만, 지금의 그는 오히려 살심이 솟구쳤다.

얼마 전까지 딸이라 여기고 온갖 사랑을 쏟았던 허실이 정인을 위해서 자결한다니 속이 뒤집어질 일이다.

"비키지 않으면 죽이겠다."

"죽여요. 살고 싶지 않아요."

"이년!"

"내 남편을 죽였으니 나라고 못 죽이겠어요? 어서 죽이세요!"

허실은 가슴을 활짝 벌리고 눈을 감았다. 이 순간의 그녀는 삶에 대한 한 올의 애착도 없었다. 다만 용비의 넋이 멀리 사라질까봐 그게 가장 걱정이었다.

"오냐. 죽여주마."

분노로 인해서 이미 이성을 잃은 태천주는 자신이 살아생전에 가장 사랑한다고 여기는 허실마저도 눈에 들어오지 않고 살심을 일으켰다.

그런데 그때 허실은 뒤쪽에서 하나의 손이 자신의 팔을 가만히 잡는 것을 느꼈다.

얼음장처럼 매우 차디찬 손이었다. 하지만 허실은 그것이 용비의 손이라는 것을 즉시 알아차렸다.

그리고 방금 잡았을 때에는 얼음장 같던 그의 손이 곧 따스하게 변했다. 그 따스한 체온이 허실의 팔을 통해서 심장으로 전해졌다.

　"용랑……."

　그녀는 비 오듯이 눈물을 흘리며 몸을 돌렸다.

　허실을 죽이려고 했던 태천주는 눈앞에서 벌어지고 있는 놀라운 광경에 자신이 무엇을 하려고 했었는지 잊어버리고 눈을 부릅떴다.

　사아아…….

　용비에게서 실로 신비한 일이 벌어지고 있었다. 밤하늘 높은 곳에서 홍. 황. 백. 흑의 네 줄기 눈부신 빛줄기가 구불구불 아래로 길게 뻗어 내려와 용비의 온몸으로 흡수되고 있는 것이 아닌가.

　용비는 죽었었다. 그러나 이미 오래 전 천태산에서 그의 의지와 우주 삼라만상은 삼라천신기로써 연결되어 있었다. 즉 그는 삼라만상과 일체(一體)였던 것이다.

　삼라만상을 죽일 수는 없는 일이다. 삼라만상은 생성과 소멸을 끝없이 반복하며 우주를 순환시킨다.

　그 삼라만상과 일체를 이룬 용비 역시 삼라만상이 소생시키고 있는 것이다.

　'저것이 진정 만절사신공의 오의라는 말인가?

　이 순간의 태천주는 분노보다는 무학의 가장 높은 경지를 자신의 눈으로 보고 있다는 경이로움에 휩싸여 있었다.

그러나 실상 용비가 일으키고 있는 현상은 만절사신공의
오의 같은 것이 아니다.
그는 단지 만절사신공이라는 길잡이를 사용했을 뿐이다.
아마 다른 절학을 익혔더라도 천재적인 자질의 그는 언젠가
는 지금처럼 삼라만상의 오의에 도달했을 것이다.
"용랑……."
밤하늘에서 뻗어 내리던 사색광채가 사라져 갈 무렵 용비
가 천천히 눈을 뜨자 허실은 기쁨의 탄성을 터뜨리며 와락 그
에게 안겼다.
그때 태천주는 번쩍 정신을 차렸다. 용비가 움직이기 시작
하면 자신에게는 더 이상의 기회가 없을 것이라는 사실을 깨
달았다.
번쩍!
생각과 행동은 동시에 일어났다. 태천주의 숯덩이 왼손에
서 광채가 번뜩이며 예의 천화신강이 뿜어졌다.
"안 돼!"
천화신강에 대해서 잘 알고 있는 허실은 그걸 보는 순간 찢
어질 듯이 외치며 용비의 몸을 가렸다.
투우…….
그러나 다음 순간 그녀는 허공에서 한쪽 방향으로 둥실 날
아가고 있는 자신을 발견했다.

퍽!

그리고 태천주가 발출한 천화신강이 아무도 없는 풀밭을 강타하여 흙과 풀이 튀었다.

부드러운 잠력으로 허실을 한쪽으로 밀어내어 피신시킨 용비는 유령처럼 태천주 앞에 나타났다.

"너……."

태천주는 흠칫 놀라 재차 천화신강을 발출하려고 했다. 그런데 어찌 된 일인지 몸이 말을 듣지 않았다.

"이이……."

그는 몸을 꿈틀거리면서 안간힘을 썼으나 요지부동이다.

용비는 그의 앞 반 장 거리에 우뚝 서서 담담한 표정으로 그를 바라보았다.

"부질없는 짓이오."

"너 이놈……."

"당신이 지금이라도 개과천선한다면 무공을 폐하는 것으로 용서해 주겠소."

지독한 모욕으로 분노가 극에 달한 태천주는 숯덩이 얼굴을 일그러뜨리며 으르렁거렸다.

"으으… 이놈아……. 한낱 개가 호랑이를 동정하는 게냐?"

그때 허공 높은 곳에서 도연훈과 만절사신이 스르르 하강

하더니 용비의 뒤쪽에 나란히 내려섰다.

태천주의 시선이 도연훈에게 날아가 꽂혔다. 옥소선은 스스로 목숨을 끊기 직전에 도연훈이 진짜 태천주의 친아버지라고 말해주었었다.

도연훈의 담담한 얼굴을 보던 태천주의 가슴 속에서 울컥하고 뜨거운 것이 치솟았다.

단 한 번도 느껴본 적이 없는 어떤 강렬한 핏줄의 정 같은 것이었다.

그러나 그의 입에서 흘러나온 말은 내심하고는 전혀 다른 것이었다.

"도연훈 이놈. 내 아버지를 죽였느냐?"

도연훈은 대답하지 않고 씁쓸한 미소를 지었다.

태천주는 용비를 보며 악을 썼다.

"어린놈아! 당장 나를 풀어주지 못하겠느냐? 내 저 늙은 놈을 쳐 죽이고 말 테다!"

그는 너무도 비참하고 또한 생전 처음 느낀 아버지에 대한 정 때문에 견딜 수가 없었다. 그래서 용비가 어서 자신을 죽여주기를 원했다.

용비는 씁쓸한 미소를 머금었다.

"당신은 정녕 돌이킬 수 없는 악인이로군."

이어서 그는 오른손을 들어 올려 삼라천신기의 현무를 일으켰다.

그때 그는 태천주의 숯덩이로 일그러진 두 눈에 반짝이는 무엇을 발견했다.

‘눈물을?’

그러나 그때는 이미 현무를 일으킨 직후다.

스퍼어………

태천주는 일그러진 얼굴에 더욱 일그러진 희미한 미소 같은 것을 짓다가 몸이 퍽! 하고 터지면서 찰나지간에 먼지로 화해 허공에 흩어졌다.

방금 전까지 태천주의 몸이었던 먼지가 허공에서 바람에 날려가고 있는 동안 용비를 비롯한 모두는 침묵을 지키며 지켜보았다.

“용랑!”

저만치 땅에 내려졌던 허실이 울부짖으면서 용비를 향해 달려야 안겼다.

도연훈과 만절사신이 용비 주위로 모여들었다.

“사부님.”

“아무 말도 하지 마라.”

도연훈은 용비의 어깨를 다독이고는 몸을 돌렸다.

“어딜 가십니까?”

용비가 놀라서 묻자 도연훈은 천천히 걸음을 옮기며 중얼거렸다.

"소선을 만나봐야겠다."

그는 옥소선을 용서해 줄 생각이다. 하지만 그는 다시는 그녀를 만나지 못할 것이다.

용비는 떠나가는 사부를 이후 영원히 만날 수 없을 것 같다는 생각이 들었다.

그가 멀어지는 도연훈을 향해 큰절을 올리자 허실과 만절 사신도 함께 엎드려 절을 올렸다.

도연훈이 번쩍 신형을 날려 아스라이 멀어지고 있는 곳 지평선 끝에서 시뻘건 불길이 움텄다.

어느새 태양이 떠오르고 있는 것이다. 도연훈은 그 태양 속으로 사라졌다.

하나의 전설이 사라지고 또 다른 새로운 전설이 탄생했다.

大尾

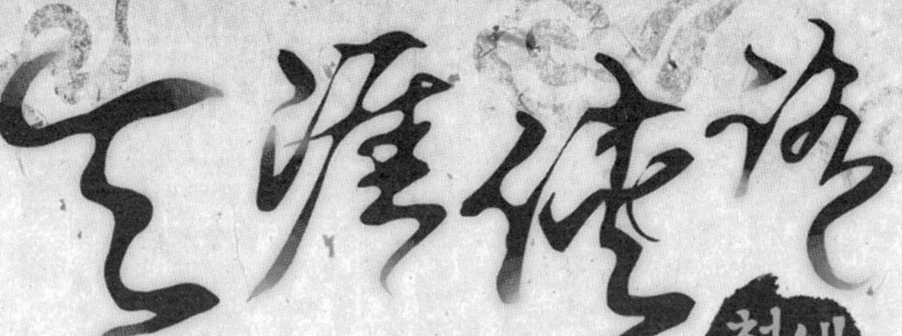

촌부 新무협 판타지 소설
FANTASTIC ORIENTAL HEROES

『우화등선』,『화공도담』의 뒤를 잇는
작가 촌부의 또 하나의 도가 무협!

무림맹주(武林盟主), 아미파(峨嵋派) 장문인(掌門人),
군문제일검(軍門第一劍), 남궁세가(南宮勢家)의 안주인.

그들을 키워낸 어머니-
진무신모(眞武神母) 유월향(柳月香)!

어느 날, 그녀가 실종되는데……

"하, 할머니는 누구세요?"

무한삼진의 고아, 소량(少兩)에게 찾아온 기이한 인연.

세상과 함께 호흡을 나눌 수 있다면[天地同息]
천하의 이치를 모두 얻으리래[天下之理得]!

이제, 천하제일인과 그녀가 길러낸
마지막 자손의 이야기가 펼쳐진다!